*Née à Marrakech, **Martine Pilate** a passé de longues années à l'étranger (Angleterre et Italie principalement). Après des études littéraires, elle s'est tournée vers le droit. Depuis une quinzaine d'années, elle se consacre entièrement à l'écriture. Installée en Provence, elle s'implique dans de nombreuses actions culturelles.*

La Page arrachée

Du même auteur

Aux éditions De Borée

La Couleur oubliée de l'arc-en-ciel
Le Pays de l'impossible hiver
Les Roses sauvages du maquis
Les Soleils de sable
Trois femmes dans la tourmente

Autres éditeurs

L'Œuvre des frères Bec
La Fabuleuse Histoire de la pétanque
La Passion selon cinq matous
La Promesse des jours heureux
Le Fils volé
Les Cigales en héritage
Rumeurs dans la cour d'école

TERRE DE POCHE
45, rue du Clos-Four – 63056 Clermont-Ferrand cedex 2

Martine Pilate

La Page arrachée

de Borée
TERRE DE POCHE

Le soleil glissait doucement à l'horizon. La semaine de travail s'achevait. Ils avaient bien fait les choses : le discours du directeur relatant son parcours professionnel, le cadeau, le champagne, l'émotion. Tout y était !

Après des « vous passerez nous voir de temps en temps » et des « profite de ta retraite, c'est super de partir à cinquante-huit ans ! », Juliette Vignal referma la porte d'entrée. Seule sur le trottoir, un vertige la saisit devant cette liberté qui s'ouvrait à elle, à la pensée de cet univers qui avait été le sien pendant près de quarante ans et auquel elle n'appartenait déjà plus.

Au volant de sa Clio, elle s'échappa de Gardanne et de la circulation dense du début de week-end. Rapidement, elle se retrouva sur une petite route bordée de vignes, avec à l'horizon les falaises de calcaire de la hiératique montagne Sainte-Victoire.

Ces premiers jours de mai s'étiraient dans une luminosité qui évoquait les couleurs douces et somptueuses d'un paysage de Toscane. Une demi-heure de conduite à peine, et elle serait chez elle, à Saint-Zacharie. Elle y avait ses racines, dans le sillage de ses ancêtres, dans ce *païs des dormaïsses,* ce pays des endormis. Un surnom né d'une rivalité de clocher.

Le soulagement l'emportait sur le regret ou l'appréhension. Elle était enfin maîtresse de son destin. Le temps était devenu son allié. Les souvenirs arrivaient, déroulant le film de sa vie sans agressivité.

Juliette était née en mai 1940, alors que la ligne Maginot s'effondrait sous l'offensive allemande. Elle ne gardait que des images imprécises des années de guerre. Sa mémoire était celle de ses parents.

Son père était employé à l'usine Saint-Lazare de la Société des Tuileries de Marseille. Le travail était dur, et la chaleur dégagée par les fours en activité constante s'avérait éprouvante. Mais la fierté d'avoir contribué à la fabrication de ces carreaux de céramique, ferrugineux et émaillés, qui ornaient les demeures des plus humbles comme celles des plus fortunées, l'emportait sur la peine. Peu avant son mariage, il avait restauré une maison qu'il avait achetée dans l'étroite traverse du *pié de Castre*, pour abriter la famille qu'il s'apprêtait à fonder.

Aînée d'une fratrie de trois enfants, elle avait été élevée comme une fille unique puisqu'elle avait déjà quatorze ans à la naissance de Rosine, suivie six ans plus tard par celle de Paul. De belles années vécues au sein d'un foyer soudé, respectueux des valeurs fondamentales du travail, de la religion et de la communauté. L'émotion la gagnait sitôt qu'elle remontait le temps jusqu'à l'époque où chacun assumait le rôle que lui avait imparti la vie.

Après son brevet, elle avait appris les bases de la comptabilité, ce qui lui avait permis de trouver un emploi auprès d'un courtier en assurance. Ce fut là qu'elle eut un coup de foudre. Elle se fiança. Mais en raison de l'inconstance de celui qu'elle s'apprêtait à épouser, deux mois avant les noces, ils se séparèrent. Le cœur déchiré de le quitter après avoir cédé à ses avances, elle décida de s'éloigner de la région pour ne plus avoir à le croiser. Sa réussite au concours des PTT lui ouvrait la porte de la capitale.

Tout avait basculé le jour de la naissance de Paul, avec l'accident de leur père qui lui avait coûté la vie. Dans sa précipitation à se rendre au chevet de sa femme, il sauta du camion qui l'emmenait. Dans sa chute, sa tête heurta un lampadaire. La tempe fracassée, il s'éteignit avant d'atteindre l'hôpital.

La nouvelle anéantit la parturiente qui ne parvint jamais à surmonter sa dépression. Juliette renonça à Paris pour assister sa mère. Elle se mit en quête d'un nouvel emploi et se fit embaucher dans un cabinet d'architecture installé à Auriol, une bourgade voisine. Lorsque l'entreprise décida d'agrandir ses bureaux et de migrer vers Gardanne, elle avait suivi.

Elle avait dirigé la famille Vignal. Puis, elle s'était retrouvée seule avec sa mère, telles deux sœurs que leur solitude réunissait. La mort l'avait emportée depuis une dizaine d'années, laissant Juliette face à elle-même dans cette maison qui, jadis, trop petite pour la famille, était devenue largement suffisante pour elle seule.

Elle arriva à l'entrée du village. Elle éprouvait toujours un pincement au cœur lorsqu'elle parvenait à la hauteur du centre commercial qui avait remplacé les ateliers de l'usine Saint-Lazare. Le temps d'un instant, le visage de son père s'imposait.

Elle parqua sa voiture dans l'ancienne étable reconvertie en garage. Elle louait une place à l'année dans cette « rue des vaches », comme continuaient à l'appeler les vieux du village. Là, encore, son enfance revenait, pleine de traditions.

Un monde auquel elle appartenait, rassurant, et qu'elle ne pourrait pas envisager de quitter.

Quelques minutes plus tard, elle atteignit la venelle qui la conduisait chez elle : un passage inaccessible aux véhicules, en surplomb d'une succession verdoyante de jardinets au sol humidifié par l'Huveaune, un ruisseau dont la légende attribuait les eaux bleutées aux larmes de Marie-Madeleine.

Elle appréciait ces quelques minutes de marche tranquille. Comme toujours, la clef tourna dans la serrure avec un grincement plaintif. Un cerisier se dressait devant l'entrée, sur l'étroite bande de terre herbue qui courait le long de la bâtisse. Il semblait lui souhaiter la bienvenue.

Ce jour-là, une fois le seuil franchi, elle s'attendait à trouver quelque chose de différent. Rien n'avait changé. Chaque bibelot, chaque meuble conservaient la même apparence. Elle en était presque déçue et mit quelques instants à admettre l'immuabilité de certains objets. Elle seule, évoluait.

Elle se félicita d'avoir gardé la maison à la mort de leur mère. À cette époque, la banque lui avait consenti un prêt qui lui permettait de régler la part d'héritage de sa sœur et de son frère. Elle était désormais la seule propriétaire des lieux qu'elle occupait depuis toujours. L'avenir s'annonçait serein. En planifiant ses dépenses, elle pourrait profiter d'agréments qu'elle avait repoussés jusque-là, privilégiant systématiquement l'épargne.

La famille de Rosine s'était installée à Salon-de-Provence. De son côté, Paul vivait avec sa femme et leurs jumeaux, en bord de mer, à Cassis. Les distances qui les séparaient nécessitaient tout au plus une heure de voiture. Juliette était de toutes les fêtes. Elle continuait à les assister et jouait à la baby-sitter depuis la naissance de leurs enfants. Elle vouait à tous une profonde affection, mais depuis qu'elle avait décidé de mettre fin à sa carrière professionnelle, elle envisageait des activités qui la rendraient moins disponible. D'une idée à une envie, elle ressentait dorénavant le besoin de penser à elle. Jusqu'à présent, elle s'était projetée au travers du regard d'autrui, privilégiant une image qu'elle voulait respectable pour ne pas dire irréprochable.

Naguère, elle avait été courtisée. Mais ses romances avaient tourné court, généralement parce que le prétendant ne se sentait pas de taille à assumer une telle smala. La trentaine venue, elle avait croisé la route d'autres hommes pour lesquels elle n'avait été qu'une sorte de compagne, éphémère et cachée. Avec le temps et les problèmes que lui posait sa mère dont la raison vacillait, elle avait espacé ces rencontres stériles. Les amours fugaces et discrètes lui suffisaient. Avec les années, elle s'imaginait de plus en plus difficilement s'investir dans une vie de couple. Elle avait fini par perdre l'acuité du désir, et un désert sentimental s'était sournoisement installé.

Ses premiers jours en tant que jeune retraitée s'écoulèrent comme le début de longues vacances, dans l'excitation à l'idée d'une proche croisière sur le Nil. Lorsque l'employée de l'agence de voyages lui demanda si elle acceptait de partager une cabine avec une autre passagère, par pudeur, son premier mouvement fut de refuser. La différence de prix eut raison de cette retenue. « Comme ça, vous ne sentirez pas seule » crut bon d'ajouter la vendeuse. Cette remarque l'agaça. Comme si ne pas vivre en couple était une anomalie !

Elle s'abstint d'expliquer à cette femme qui ne comprenait rien à la solitude – comme la plupart des gens de son entourage –, qu'il ne fallait pas l'assimiler à un isolement restrictif ou à une fuite. Elle la percevait différemment, un peu comme un luxe qui favorisait son épanouissement et la culture de son jardin secret.

Les portes de sa penderie grandes ouvertes, elle choisissait ce qu'elle mettrait dans sa valise. Elle avait toujours endossé des tenues sobres qu'elle égayait par des foulards. Un peu comme un uniforme qui, selon elle, répondait à ses fonctions. Perplexe, elle détaillait les effets suspendus aux cintres. Son inspection lui tira une moue.

Puisque son corps n'avait connu aucune maternité, elle avait conservé une ligne de jeune femme, qu'elle s'efforçait d'entretenir sans trop de contraintes. Avec émotion, elle se souvint de l'air satisfait de sa mère lorsqu'elle lui déclarait fièrement : « Tu présentes bien, ma fille ! »

Elle se décida rapidement. Depuis Saint-Zacharie, il ne fallait guère qu'une demi-heure pour gagner le centre d'Aix-en-Provence. Elle s'enfonça dans le dédale des petites rues animées où, à quelques exceptions près, les voitures ne circulaient pas. Tandis qu'elle se frayait un chemin dans la foule des badauds et des touristes, une boutique de vêtements arrêta son regard.

Elle entretenait un rêve, presque un fantasme. Il ne s'agissait pas de quelque chose d'extravagant. Simplement d'un pantalon de cuir. Elle n'avait jamais osé l'assouvir redoutant des commentaires désobligeants.

Elle restait plantée devant la vitrine, comme aimantée. Symbole de révolte et de sensualité, ce vêtement la fascinait. Une bouffée de chaleur la submergea. Elle avait besoin de le toucher même si elle n'avait pas l'intention de se l'offrir. Elle poussa la porte et entra dans le magasin.

Sur les instances de la vendeuse, elle l'avait enfilé. Elle ne l'écoutait plus. Elle était conquise par le doux crissement du cuir d'agneau, la souplesse du pongé glissant sur elle comme une seconde peau. Elle s'apprêtait à se changer puis se ravisa. Elle préféra le garder sur elle prétextant qu'il lui fallait trouver un chemisier ou un pull pour compléter l'ensemble.

Parvenue dans la rue, elle eut l'impression fugitive qu'on l'observait, qu'on se retournait derrière elle, pour la juger. Petit à petit, elle comprit qu'elle se trompait. Le cœur gonflé d'une joie enfantine, elle se mirait dans chaque vitrine, plus par satisfaction que pour se conforter dans son choix. Une sensation de liberté l'envahit. Elle venait enfin d'évacuer l'une de ses idées préconçues. Elle se fichait du regard des autres. Ce pas, qu'elle avait mis si longtemps à franchir, lui parut bien anodin. Elle était heureuse de s'être affranchie aussi facilement d'un tabou si restrictif.

Ses vacances au royaume des pharaons se déroulèrent comme dans un rêve, alternant les paysages flamboyants au fil du Nil, la démesure des lieux mythiques, et un désert entre ocre et rose. Sa compagne de cabine, une veuve septuagénaire, réalisait un vieux rêve nourri par son couple pour fêter leurs noces d'or. Pendant la longue maladie qui avait eu raison de son compagnon, les époux avaient imaginé ce voyage qui viendrait couronner la guérison… Il était parti lentement, douloureusement, le regard plein d'amour pour celle qui était restée près de lui jusqu'à son dernier souffle. Elle avait refusé l'irréversibilité de son trépas et vivait comme s'il était toujours à ses côtés. Leur anniversaire de mariage, elle avait tenu à le concrétiser.

Bien qu'étonnée de l'apparente gaieté de sa compagne endeuillée, Juliette ne s'était permis aucune question. La veuve avait abordé d'elle-même le sujet, lui précisant : « Je le porte en moi, maintenant. Nous ne nous quittons pas ». Elle avait conclu que « le deuil n'existait pas ». Juliette avait du mal à concevoir cette dépendance envers un disparu. Sa mère lui manquait, mais elle avait su que viendrait le jour où elle la perdrait et s'était préparée à cette rupture. Pour elle, l'amour adoptait un aspect différent. Il n'avait jamais revêtu, à l'exception de ce père trop rapidement absent, le visage d'un homme.

JULIETTE AVAIT ACCOMPAGNÉ sa sœur et son frère dans leur exode estival sur la côte espagnole. Septembre marquait le retour des Vignal dans leurs foyers respectifs. Elle reprit ses promenades en compagnie de Mariette, une amie d'enfance. Elle n'éprouvait aucune nostalgie pour le monde du travail, mais ressentait le besoin diffus d'intégrer un groupe et de se rendre utile.

À Saint-Zacharie, le centre social avait ouvert des ateliers fréquentés par des immigrés souhaitant se fondre dans leur nouvel environnement. Mariette avait rejoint une équipe de bénévoles qui se consacraient à l'alphabétisation. Elle persuada Juliette de se rallier à eux.

Elle s'attendait à trouver une salle de cours plus conforme à ses souvenirs scolaires. Son étonnement frisa la déception devant les tables en formica écaillé, les parois blanches égayées d'affiches fixées au mur par des morceaux inégaux de ruban adhésif que l'on n'avait même pas cherché à dissimuler. La pièce n'avait rien de très convivial.

La responsable, Francine, lui présenta les diverses activités qui venaient s'ajouter à l'enseignement basique de la lecture et de l'écriture. Elle insista avant tout sur le lien social qui favorisait l'intégration. Les précisions arrivèrent :

— Nous assurons des cours deux fois par semaine : le lundi et le jeudi de 14 à 17 heures.

Juliette se pencha sur le matériel mis à disposition : des ouvrages naïfs destinés aux enfants, rien qui n'interpellât directement des adultes. Elle garda pour elle cette question évidente : « Comment éveiller la curiosité de ces derniers avec des outils si peu adaptés ? »

— Pour l'instant, il n'y a que des femmes. Le mieux serait que, pour le premier cours, vous observiez ce que nous faisons, poursuivit son interlocutrice.

Dès la première session, elle put constater le niveau très faible et la disparité des connaissances des élèves. Le déchiffrement des mots ne s'accompagnait pas de la compréhension. Leurs efforts portaient sur les lettres qu'elles rattachaient et les syllabes qu'elles parvenaient à décrypter. On était loin d'un enseignement cognitif qui aurait permis de rendre cet apprentissage plus efficace.

Elle ne se doutait pas qu'elle abordait, là, la plus belle expérience de sa vie. Elle allait découvrir le handicap que représentait l'ignorance de l'écriture et de la lecture. Les personnes concernées en souffraient comme d'une tare, qu'elles imaginaient si évidente qu'elle s'affichait sur leur visage.

L'équipe réduite des formatrices se partageait les « apprenantes » et les séances, selon leur disponibilité. Ce jour-là, les deux amies étaient seules à la permanence. Penchée sur la feuille de présence, Mariette remarqua :

— Nous avons une nouvelle aujourd'hui. En retard ! Madame Faouzi, ça te dit quelque chose ? C'est Francine qui a enregistré l'inscription.

Ce nom ne leur évoquait rien. À la lecture des commentaires, il apparaissait que la nouvelle ne rencontrait pas de difficultés dans la maîtrise des nombres, le raisonnement et le calcul. Elle saisissait des mots isolés et fréquents, mais elle se révélait pratiquement incapable de lire une phrase entière et éprouvait de grosses difficultés dans l'écriture.

Alors qu'elles s'apprêtaient à commencer leur cours, un homme pénétra dans la salle. Ses traits, son teint basané, son regard sombre témoignaient de ses origines maghrébines. Le gris de ses cheveux ondulés attestait d'un âge mûr. Habillé sobrement, il se tenait droit dans l'encadrement de la porte. Juliette hésita. Elle avait l'impression de le connaître. Fouillant dans sa mémoire, elle le remit rapidement. Elle l'avait croisé à plusieurs reprises dans les bureaux de son ancien employeur. Accompagné d'un collaborateur, il venait rencontrer un ingénieur d'études ou un technicien pour des travaux à exécuter en sous-traitance. Pour autant qu'elle se souvienne, il ne portait pas ce nom-là. Visiblement, lui aussi l'avait reconnue.

— Monsieur Bassou, vous cherchez quelqu'un ? l'interpella-t-elle.

Baissant légèrement les yeux, il lâcha d'une voix hésitante :

— Oui, non ! On vous a pas dit que je m'étais inscrit pour le cours d'aujourd'hui ?

Surprise, Juliette vérifia le formulaire. Le nom ne correspondait pas.

— Faouzi, c'est le prénom que j'ai reçu de mes parents. Pour le travail, j'utilise le nom de ma famille, Bassou. D'ailleurs, c'est comme ça que j'ai appelé mon entreprise, précisa-t-il presque en s'excusant.

Au village, nombreux étaient les anciens qui connaissaient monsieur Bassou et son histoire. Ce n'était pas que les gens y étaient plus pipelettes qu'ailleurs, mais il avait été le premier Maghrébin à rejoindre la communauté zacharienne.

Une trentaine d'années auparavant, il était arrivé à Saint-Zacharie avec l'équipe d'un entrepreneur marseillais spécialisé dans la restauration de vieilles demeures. Celui-ci avait décroché un important chantier et l'avait embauché en remplacement d'un tâcheron qui lui avait fait faux bond au dernier moment. Consciencieux, avec la volonté d'approfondir ses connaissances et possédant le sens des volumes, le nouveau venu s'imposa rapidement. À la fin de son contrat, le patron lui proposa de rejoindre le groupe permanent de ses ouvriers, et de l'initier à des ouvrages plus délicats. Il aimait le contact avec la pierre naturelle, son grain, son odeur sèche. Granit, calcaire ou grès, il apprit leurs différentes propriétés et les moyens de les mettre en valeur.

Séduit par cette bourgade qui se consacrait à la céramique, alchimie de la terre, de l'eau et du feu, née de la main de l'homme, lui rappelant les zelliges colorés de son pays d'origine, il s'était installé à Saint-Zacharie. À cette époque-là, on ne comptait plus qu'un site de production, mais partout régnait cette âme de la terre cuite qui avait assis la renommée du village grâce à la beauté de ces carreaux engobés ou émaillés, aux décors virtuoses.

Il avait acheté, allée de la Cascade, un terrain qui déclinait jusqu'à la berge du Peyruis, un ruisseau qui s'échappait de la colline du Petière qui barrait la plaine et la protégeait des vents violents. Quelques années après, il avait quitté son employeur pour voler de ses propres ailes. Mettant à profit l'expérience acquise auprès de ce maître de la pierre et aimant les défis, il associa au traditionalisme local, une touche de modernité qui lui assura une renommée régionale. Alors qu'il n'avait démarré qu'avec un ami marocain, son équipe comptait à présent une douzaine de personnes à des postes divers.

Son fils, devenu ingénieur, parcourait le monde pour son métier. Il l'avait élevé seul. On lui avait connu une femme et une fille qui avaient disparu de sa vie, il y avait bien longtemps. Les supputations étaient allées bon train sans recevoir d'autres réponses que « elles ont préféré rester au pays ». Au fil des ans, la curiosité s'était émoussée. Seules quelques mauvaises langues poursuivaient leurs sous-entendus en concluant : « Va-t'en savoir ce qui se passe là-bas... »

— Il faut combien de temps pour lire sans problème ? fut sa première question.

Attentif et volontaire, il identifiait les obstacles et s'acharnait à les éliminer, comme si sa vie dépendait de cet apprentissage. Il avait affronté les coups d'œil ironiques des femmes du cours. Il progressait beaucoup plus rapidement qu'elles. Bientôt, elles le regardèrent différemment. Il leur faisait prendre conscience qu'un homme pouvait souffrir des mêmes contraintes qu'elles. Une sorte d'émulation naquit entre eux.

Juliette s'investissait avec un intérêt grandissant. Ces séances lui devinrent indispensables. Elle se sentait utile et s'impliquait beaucoup plus qu'elle ne l'avait fait dans sa vie professionnelle. Ici, il n'était plus question d'argent, mais de valeurs humaines. La dimension était complètement différente. La confiance naissait entre deux mots, s'inscrivant en lettres muettes, mais bien présentes.

Le groupe de femmes s'appelait par leur prénom. Quelque chose les retenait d'en faire de même avec le nouvel arrivé. Il n'était guère loquace, peut-être par crainte de laisser échapper un mot qui puisse alimenter les commérages. Il parlait un français tout à fait correct, avec un léger accent aux sonorités propres au Sud, un « r » plus roulé que la normale, et rajoutait parfois des pronoms personnels dont l'emploi ne pouvait se justifier.

Involontairement, les pensées de Juliette la ramenaient vers lui. Depuis qu'il avait poussé la porte de la classe, le personnage l'intriguait et elle éprouvait l'envie de mieux le connaître. Sa curiosité se doublait d'un intérêt un peu trouble qu'elle voulait assimiler à de l'amitié naissante.

Souvent, le vendredi, lorsque le temps était clair, elle s'échappait à Aix-en-Provence. L'après-midi, elle en profitait pour aller au cinéma. La première séance se terminait suffisamment tôt pour lui permettre de regagner Saint-Zacharie avant que le ciel ne s'obscurcisse. Ce jour-là, on passait *L'Homme qui murmurait à l'oreille des chevaux*.

Sous le charme nostalgique du récit, perdue dans les vastes étendues du Montana, elle suivait la file des spectateurs qui s'écoulait hors de la salle de projection. Elle oscillait entre réel et imaginaire. Lorsqu'elle rejoignit les promeneurs du cours Mirabeau, elle ressentit comme une caresse le souffle d'une brise pourtant quasi hivernale. Son manteau étroitement refermé, le délicat frottement du foulard de soie lui couvrant la tête, elle éprouvait une sensation de bien-être. La froidure ne l'atteignait pas.

Il avait fallu qu'il lui fît face pour qu'elle réalisât sa présence. Elle sursauta. Elle ne l'avait pas remarqué, avec son col relevé et son écharpe de laine noire qui lui cachait le menton.

— Monsieur Bassou ! Pardonnez-moi, j'étais ailleurs.

Quelques banalités d'usage, et leur rencontre touchait à sa fin. Après une courte hésitation, il s'enhardit :

— Est-ce que quelqu'un vous attend ?

Il interpréta son regard surpris comme une réponse négative et poursuivit d'une voix presque sourde, redoutant le refus :

— Vous voulez prendre un verre avec moi ?

Il y avait bien longtemps qu'elle n'avait reçu une telle invitation. Elle accepta. Cette relation maître-élève sonnait faux et se révélait frustrante. Ils étaient deux adultes, chacun avec un vécu certainement très différent, mais que le destin avait amené à se croiser. Elle s'empressa d'accepter.

Ils s'installèrent à une terrasse fermée. Une fois leur commande passée, le silence s'imposa. Il fut le premier à le rompre.

— C'est bien ce que vous faites. Ne pas savoir lire ni écrire, c'est dur, un peu comme une blessure qu'on enfouit au fond de nous. Quelque chose de dévalorisant. On n'est pas comme tout le monde.

Il s'exprimait simplement, émaillant rarement ses phrases d'erreurs grammaticales. Ses termes étaient précis et adéquats. Elle s'étonnait de la qualité de son français, mais ne lui en fit pas la remarque. Elle ignorait que sa fille s'était montrée sans concession n'hésitant jamais à le reprendre, comme si leur avenir en dépendait. Même si ses corrections l'avaient parfois agacé, il reconnaissait au fond de lui-même qu'elles lui avaient permis de progresser.

Elle se perdit dans des platitudes avant d'évoquer sa disponibilité, son besoin de donner de son temps et de partager ses connaissances. Tandis qu'elle parlait, la curiosité la tiraillait.

— Pardonnez-moi, et ne me répondez pas si vous me jugez indiscrète. Vous avez un problème d'illettrisme, mais vous n'êtes pas analphabète. Vous avez donc appris à lire et à écrire.

Avec un léger sourire, les yeux fixés sur l'anonyme guéridon, il entreprit de lui conter son enfance. Il parlait d'une voix étouffée, avec sa retenue habituelle.

— Oui, je suis allé en classe à Casablanca. J'avais même commencé à fréquenter l'école française. J'avais dix ans quand mon père a été arrêté. Il faisait partie de la garde personnelle de Sidi Mohammed, notre sultan. Lui, il venait de conclure un pacte contre la France, avec les nationalistes pour l'indépendance de notre pays. Lorsque le Résident général l'a envoyé en exil, mon père il l'a suivi. En fait, il n'a pas vraiment eu le choix.

Il s'interrompit. Juliette comprit qu'il errait dans les contrées inaccessibles d'un passé qu'il n'avait pas évoqué depuis très longtemps. Surpris de sa facilité à s'ouvrir, à aborder ce qu'il avait dissimulé sa vie durant, il releva son regard vers elle.

— D'abord, ils sont restés quelques mois en Corse. Lorsque on n'a plus voulu d'eux là-bas, ils sont partis pour Madagascar. Jusque-là, il continuait à envoyer de l'argent à ma mère. Quand notre roi est rentré au pays, mon père n'était pas à ses côtés. Lui, il avait préféré demeurer sur cette île à l'autre bout du monde.

Il marqua une pause puis reprit dans un long soupir fataliste.

— L'histoire est toute simple. On a appris qu'il avait rencontré une autre femme et il est resté là-bas pour elle. Après, il n'a plus donné signe de vie. Il nous a abandonnés. Ma mère a eu beaucoup de difficultés. Un parent nous a aidés. Chez nous, la notion de clan est importante. Cet homme, il rachetait des maisons dans la médina. Il les remettait en état. Il venait d'acquérir un riad pour l'aménager en restaurant. Il savait que ma mère était bonne cuisinière. Alors il a proposé qu'on s'installe dans ce logement en chantier, et il s'est engagé à lui verser un salaire dès que l'établissement recevrait ses premiers clients. Il ne lui demandait pas un sou de loyer, mais il exigeait que je rejoigne son équipe d'ouvriers comme arpète. Il me payait, mais me donnait beaucoup moins qu'aux autres.

À nouveau, il se tut. Les souvenirs se faisaient agressifs et il craignait de lasser par profusion de détails.

— Je suppose que c'est à ce moment que vous avez interrompu votre scolarité.

Il lui fut reconnaissant de sa remarque l'incitant à poursuivre son récit.

— Oui ! Les journées étaient longues et harassantes. C'est pour ça que j'ai dû abandonner l'école et que j'ai commencé à faire le maçon. Ma sœur aînée, elle avait 16 ans. Elle travaillait à l'hôpital

Ibn Rochd de Casablanca. En même temps, elle apprenait le métier d'aide-soignante. Mon autre sœur, il fallait qu'elle aille encore en classe. Pour moi, c'était terminé. Je devais gagner des sous pour aider ma famille.

Elle ne put réprimer un sourire. Jusqu'à présent, elle ne lui avait rien dévoilé de sa vie. Elle n'avait fait que susciter ses confidences.

— Je parle beaucoup de moi. Trop ! Vous avez l'air amusé. Ai-je dit quelque chose de drôle ?

— Non ! C'est la coïncidence entre nos deux existences. À la mort de mon père, j'ai renoncé à une carrière qui s'offrait à moi, pour assister ma mère malade. J'ai élevé ma sœur et mon frère qui sont beaucoup plus jeunes que moi.

Brièvement, elle lui narra ces années où elle avait joué le rôle à la fois de fille, de mère et de sœur. Les phrases lui venaient naturellement, sans emphase. Elle ne s'épanchait pas, elle ne faisait que se raconter. Elle se libérait par des mots simples, des mots du quotidien où ne transpiraient pas de remords, mais seulement quelques regrets. Le brouhaha ambiant les isolait dans un monde où ceux qui les entouraient n'existaient plus. C'est lui qui conclut :

— Je me suis toujours dit que je devais réussir dans mon métier. Je me suis débrouillé pour cacher mon ignorance. Il fallait que je compense par mon travail, sinon on aurait pu penser que j'étais bête. Le regard des autres nous renvoie notre image.

Le soir tombait vite. Les platanes dressaient leur silhouette le long du cours Mirabeau. L'animation se calmait. Les restaurants s'allumaient, offrant aux passants la carte de leurs menus.

— Il est déjà tard. Vous voulez pas qu'on mange ensemble ? Je vous invite !

Bien qu'elle n'aimât pas conduire la nuit venue, Juliette ne souhaitait pas rompre le charme qui leur faisait oublier l'heure. Elle hocha la tête en signe d'acquiescement. Il l'entraîna dans une rue pentue, au cœur de l'ancienne cité du roi René. Dominant les toitures, le clocher de la cathédrale Saint-Sauveur se découpait fièrement sur un profond ciel de nuit comme pour les guider.

Ils avaient poussé la porte d'un établissement qui ne payait pas de mine. Aussitôt à l'intérieur, le décor changea, la chaleur les enveloppa. Des lumières tamisées créaient un semblant d'intimité. Ils furent accueillis par un garçon souriant :

— Bonsoir, monsieur Bassou.

Avant même de leur remettre la carte, il déclara :

— Ce soir, le chef vous propose son osso buco.

Il s'éloigna. Faouzi referma presque aussitôt sa carte. Il lança un regard espiègle à son invitée.

— Vous venez souvent ici ? l'interrogea-t-elle.

— Généralement le midi quand je suis sur Aix. On y mange correctement. Ce qui est pratique pour moi c'est qu'ils préparent toujours un plat du jour. Comme ça, je n'ai pas à lire les menus. Et s'il y a du porc, je commande un steak-frites. C'est passe-partout. Mais j'espère que cela va changer rapidement. Grâce à vous ! ajouta-t-il.

— Mais votre viande, vous ne cherchez pas à savoir si elle est hallal ? Je croyais que c'était une obligation dans votre religion ? poursuivit-elle.

— Selon le pays où l'on vit, il est dit que l'on doit s'adapter. J'ai toujours fait mes courses chez le boucher du village ou au supermarché. On peut pas faire autrement à Saint-Zacharie. Il n'y avait pas d'hallal. Nous avons le devoir de prendre soin de ce corps qu'Allah nous a donné.

La soirée s'avéra agréable. Juliette appréciait la courtoisie de son compagnon. Il y avait si longtemps qu'un homme ne s'était comporté de la sorte avec elle ! L'image de son dernier amant lui revint fugitivement. Séduisant au début de leur relation, il n'avait guère tardé à prouver sa muflerie. « L'instruction et l'éducation sont deux choses bien différentes » se prit-elle à penser.

S'ils avaient évoqué les grandes lignes de leurs parcours respectifs, ils n'avaient pas dévoilé ce qu'ils portaient en eux de plus personnel. Elle se trouvait si banale, contrairement à son interlocuteur. Elle savait d'après sa fiche d'inscription qu'il était âgé de soixante-deux ans et elle s'étonnait qu'à la tête d'une entreprise comme la sienne, il envisageât la retraite.

— J'ai travaillé dur toute ma vie et j'ai toujours aidé les miens. Mon fils, il est ingénieur. Il aime son métier et il ne me succédera pas.

Il parla de cet architecte avec lequel il collaborait depuis longtemps et qui souhaitait intégrer à son cabinet cet atelier de restauration de la pierre. Le dossier avait été finalisé devant le notaire. Faouzi assurait une période transitoire qui s'achèverait d'ici quelques semaines.

— Je ne suis pas riche, mais j'ai gagné suffisamment d'argent pour assumer sereinement la retraite. Je m'offre la liberté de m'occuper de moi.

Cette dernière affirmation la fit sursauter. Elle s'apprêtait à lui répondre que leur cheminement s'apparentait. Mais déjà, il poursuivait d'une voix assourdie.

— Depuis mon entrée à l'école, j'ai toujours eu un rêve. J'ai dû l'abandonner mais je n'y ai jamais renoncé. Maintenant, je vais enfin pouvoir le réaliser. Lire ! Prendre un livre, m'évader au fil des pages ! C'est une fenêtre ouverte sur un univers différent. Voilà pourquoi je suis venu à votre association. Il faut que j'apprenne ! Chez nous, on dit que les livres sont les jardins des savants.

L'émotion planait. Un simple livre, objet dérisoire dans son apparence, mais paradoxalement si précieux, nourrissant aussi bien l'imaginaire que l'intelligence, dont l'odeur d'encre et la douceur du papier créaient un lien fort avec celui qui se penchait dessus... Elle ne put contenir un élan et allongea son bras pour poser sa main sur la sienne.

— Vous verrez, d'ici quelques mois, vous plongerez dans la lecture. J'en suis certaine. Vous possédez les bases et vous assimilez vite parce que vous le voulez.

— Ce que l'on apprend pour le plaisir n'est jamais une corvée, mais un enrichissement. Et puis, je viens de me donner les moyens d'avancer encore plus rapidement. J'espère bien vous surprendre, conclut-il, une étincelle malicieuse au fond des yeux.

Il lui avoua avoir acheté un ordinateur et un programme d'enseignement de la lecture, sur les conseils de son plus proche collaborateur, Charles. Tous les deux formaient un tandem inséparable dans le travail comme en amitié. Charles était le seul à connaître son handicap. Il s'occupait de tous les documents et l'assistait dans les négociations. Grâce à sa présence à ses côtés, il avait pu dissimuler son illettrisme.

L'obscurité avait envahi le paysage. Les dîneurs commençaient à déserter les lieux. Quand il lui avait proposé de suivre sa voiture pour s'assurer qu'elle rentrerait sans problèmes, elle avait protesté, juste pour la forme. Arrivés à Saint-Zacharie, ils s'étaient arrêtés dans les allées des Esplantades là où débouchait le *pié de Castre*. Ils s'étaient séparés : une franche poignée de main et un « à bientôt », d'autant plus justifié qu'ils se retrouveraient dans la salle de cours, dès le lundi suivant.

Cette nuit-là, tandis que le sommeil la gagnait, Juliette revivait leur conversation. Il y avait si longtemps qu'elle ne s'était pas laissé aller de la sorte, sans fausse pudeur et qu'on l'avait écoutée avec un réel intérêt. Aucune attitude ambiguë n'était venue ternir cette soirée. Faouzi Bassou venait de franchir les barrières de son entourage. Elle en était heureuse.

JULIETTE AVAIT ACCEPTÉ sans hésitation son invitation à dîner pour le samedi suivant. Une émotion indéfinissable s'emparait d'elle à chaque fois que ses pensées se tournaient vers Faouzi. Comme un sentiment caché dans quelque tiroir secret, gardé volontairement fermé, et qui à présent s'ouvrait lentement laissant échapper l'odeur suave et envoûtante d'un rêve qui s'actualisait.

À Saint-Zacharie, le mercredi, tôt le matin, des commerçants ambulants investissaient la place de la Céramique, lieu de rencontre où les habitués échangeaient nouvelles et commentaires. Depuis son départ à la retraite, elle ne manquait pas de se joindre à eux. Elle n'entendit pas la sonnerie de son téléphone portable enfoui dans son sac à main. Une fois de retour chez elle, elle constata que son frère lui avait laissé un message.

« Tu peux venir samedi pour garder les petits ? J'ai réussi à avoir des places pour le foot. Ensuite, nous irons rejoindre des copains qui ont réservé au resto de l'OM sur le Vieux-Port. Tu passeras le dimanche avec nous. »

Il lui était arrivé de renoncer à des projets, pour leur rendre service. Cette fois-ci, il n'en était pas question. Entre jouer la baby-sitter et l'invitation de Faouzi, elle n'hésita pas. Elle perçut la contrariété de Paul qui lui reprocha d'une manière détournée son manque de disponibilité. Elle ne céda pas.

Le samedi arriva enfin. La journée avait été lumineuse, aux reflets d'un été indien qui persistait alors que novembre se profilait. Une sorte d'impatience irrationnelle la gagnait. Elle en était consciente et avait laissé échapper un « tu ne vas quand même pas te mettre à jouer à la midinette, à ton âge ! ». Elle essaya de concentrer son attention sur un livre, en attendant l'heure du rendez-vous. Ses pensées s'échappaient pour la ramener systématiquement vers son nouvel ami.

Le soir tombait à peine lorsque Juliette monta dans la voiture de Faouzi. Elle l'avait rejoint là où ils s'étaient quittés la fois précédente. Les mains protégées de cuir noir, il portait un manteau d'un épais tissu foncé, vraisemblablement tout juste sorti du pressing. Une odeur parfumée, un peu trop forte, se répandait dans l'habitacle qu'il s'était évertué à nettoyer.

— Je vous emmène au bord de mer. Avec la belle arrière-saison que nous avons, les bateaux sortent. La pêche est bonne en ce moment.

Elle sursauta. Pourvu qu'il n'ait pas eu l'idée de... Elle n'eut pas le temps d'avancer dans sa réflexion, qu'il ajoutait :

— J'ai réservé à Cassis.

Elle ne put contenir un éclat de rire. Surpris, il s'inquiéta d'une maladresse dans le choix du lieu. Elle lui expliqua qu'elle allait se retrouver précisément là où elle avait refusé de se rendre.

— Décidément..., émit-il soulagé.

Il faisait presque nuit. La voiture filait sur l'autoroute. Ils ne tarderaient pas à la quitter pour s'engager sur la route sinueuse qui se faufilait au milieu des collines plantées de pins noirs. La passagère s'abandonnait au confort d'une conduite sans-à-coup. Suspendu au rétroviseur, un misbaha aux perles foncées, incontournable chapelet musulman, tanguait tel un métronome au rythme de la conduite.

À cette époque de l'année, les touristes s'en étaient allés, rendant la ville à ses habitants et habitués. Les restaurants se préparaient à l'affluence du week-end. L'éclairage blafard des réverbères estompait les imperfections pour mettre en valeur un décor qui semblait s'arrêter abruptement, dès que la vue ne portait plus. Le port lui parut différent, plus intime, plus mystérieux. Les choses revêtaient un aspect bien changeant, au gré des émotions !

— Juste à l'heure, précisa son chauffeur tandis qu'il manœuvrait sa voiture pour se garer sur le parking face au restaurant.

— À *l'Esquinade*, vous faites une folie ! ne put-elle contenir connaissant la renommée gastronomique de l'endroit.

— J'ai quelque chose à fêter et j'avais envie de le fêter avec vous. Allons nous installer ! Je vous raconterai.

Il la précéda pour grimper les marches qui conduisaient à la salle à manger dominant le port. L'établissement imposait sa façade vitrée, telle une frontière entre un monde extérieur de froidure et les odeurs chaleureuses qui s'échappaient des cuisines. Avant même d'arrêter leur choix, il commanda deux coupes de champagne, au grand étonnement de son invitée.

— Je croyais que la religion musulmane interdisait l'alcool.

Les yeux pétillant de malice, il affichait un franc sourire.

— D'abord, savez-vous que le mot « alcool » vient de l'arabe ? Ensuite, on dira que le Coran se limite à nous prescrire de ne pas arriver ivres à la prière. Et puis, on nous enseigne que Dieu est indulgent et miséricordieux, continua-t-il sous le ton de la confidence et il conclut par une évidence : si Allah ne voulait pas que je goûte à un produit de la nature, il casserait le verre.

Feignant le détachement alors qu'il bouillait de s'exprimer, il ne lui avait pas encore révélé le motif de son invitation.

— Que fêtons-nous ?

Il n'attendait que sa question. La voix chevrotante d'émotion, il lui annonça le prochain mariage de son fils Rayan. À trente-deux ans, celui-ci envisageait enfin de fonder une famille. Il fréquentait une collègue de travail originaire du sud-ouest de la France. La jeune fille et lui partageaient un appartement en banlieue parisienne, à proximité de l'entreprise qui les employait.

— Ça me fera loin pour aller voir mes petits-enfants. Heureusement encore qu'on a le TGV ! C'est direct. Par contre, il voudrait que j'aille chez les parents de sa fiancée. Là, c'est compliqué. Je ne sais même pas où elle se trouve leur ville de Brive. Pas question de m'y rendre en voiture : je ne peux pas lire les panneaux, ou pas assez rapidement… Il doit bien y avoir un train.

Juliette n'avait pas soupçonné à quel point l'illettrisme pouvait être contraignant.

Ils se concentraient sur leur assiette. La conversation ralentissait. Elle brûlait de lui poser une question. Certains bruits continuaient à coller au personnage.

— Votre épouse vit au Maroc ?

— Elle est morte lâcha-t-il.

Elle se mordit les lèvres, se reprochant sa curiosité, et cherchant à rattraper sa maladresse, elle conclut :

— Vous l'avez perdue jeune.

— Oui !

Une réponse d'un ton sec qu'elle ne lui connaissait pas, et qui venait clore un sujet qu'il n'avait visiblement pas envie d'aborder. Un souffle de malaise les enveloppa, les sépara. En son for intérieur, elle s'interrogea sur ce mot lapidaire qui devait dissimuler une vérité lourde à porter et peut-être compromettante. Le silence s'installa. Le regard froid, fixé sur la nappe immaculée, Faouzi semblait égaré dans des horizons interdits. De la baie, elle se mit à observer les barques colorées que le clapotis des vagues balançait doucement.

Chacun se murait dans ses réflexions ne sachant pas comment renouer avec la confiance qui d'habitude les rapprochait. Ce fut lui qui rompit cette chape.

— Le destin nous conduit souvent sur des chemins détournés de celui que nous suivions. Parfois, il est heureux, d'autres fois il peut être plus difficile. Nous devons nous adapter et en tirer le meilleur. Il faut que je vous dise que j'ai déjà acheté le premier ouvrage que je veux lire : *Jean de Florette*. J'ai vu le film, j'ai pensé que, connaissant l'histoire, cela pourrait m'aider en cas de panne, poursuivit-il, dissipant ainsi le malaise qui s'était immiscé entre eux.

Elle se sentit soulagée, telle une enfant fautive dont on venait de lever la punition. Elle approuva son idée et embraya sur Marcel Pagnol et son œuvre aux senteurs de la garrigue qui couvrait les flancs du Garlaban, cette montagne qu'il affectionnait tant. Entre deux bouchées, les sujets s'enchaînaient, légers ou sérieux, mais respectant toujours la limite d'une intimité que ni l'un ni l'autre n'avait l'intention de franchir.

Il était dix heures passées. Ils s'étaient attardés devant une tasse de café, comme pour repousser l'heure fatidique du départ, de la rupture. Lorsqu'ils se retrouvèrent sur le trottoir, elle passa sa main sous son bras, instinctivement, comme elle l'aurait fait avec un vieil ami. Il n'avait pas sursauté ni esquivé son geste. Au contraire, il avait pressé son coude contre son flanc pour mieux la retenir. Le ciel tendait sa voûte en une large toile protectrice. La magie continuait à opérer. Avant de monter en voiture, elle se retourna pour contempler le paysage et le fixer dans sa mémoire.

— Souvent, j'ai invité mes clients au restaurant. À présent, je laisse mon successeur le faire. J'apprécie toujours une bonne table, surtout quand je suis en compagnie agréable. C'est si triste de ne pas pouvoir partager ses impressions. Les plats n'ont pas la même saveur. Une seule main ne permet pas d'applaudir, affirma Faouzi, tandis qu'il s'installait derrière le volant.

Elle avoua avoir passé une délicieuse soirée, avec un soupir qu'il prit pour de la satisfaction, alors qu'il était synonyme de regret. Regret de ces quelques heures, rares et précieuses, qui s'achevaient. Attente et espérance d'une autre occasion où ils retrouveraient les moments privilégiés qu'ils venaient de partager.

— La prochaine fois, c'est moi qui vous invite ! annonça-t-elle d'un ton qui n'admettait aucune protestation.

Il ne répondit pas. Malgré la quasi-obscurité, elle le vit sourire : un sourire sans ironie, entérinant cette « prochaine fois ».

Le chemin du retour leur parut court. Ils venaient de dépasser Aubagne. La crête noire et massive du Garlaban se découpait en fond de décor. Arrivé à Saint-Zacharie, il la raccompagna jusque chez elle et s'effaça tandis qu'elle ouvrait le portillon. Il se tenait droit face à elle. Son regard ne quémandait rien. Simplement un « bonsoir et à bientôt ». Dans un mouvement un peu gauche, elle l'embrassa sur la joue. Surpris, il s'écarta légèrement, sans brusquerie. Il prit ses mains dans les siennes et y déposa un baiser rapide. Il recula et d'une voix douce, prit congé.

S'ils en étaient arrivés à s'appeler par leur prénom, ils ne se tutoyaient pas encore. Faouzi avait appris très jeune, au sein de l'école française, l'importance du vouvoiement en signe de considération. Avec fierté, il avait appliqué cette règle tout au long de sa carrière, se démarquant ainsi de ses compatriotes.

Le sommeil tardait à venir. En réalité, Juliette le repoussait. Elle ne pouvait s'empêcher de repenser à la fragrance qui émanait de Faouzi, lorsqu'elle l'avait embrassé. Un parfum masculin, aux arômes boisés, qui agissait tel un sortilège et lui donnait l'envie de le retrouver autrement que pendant leurs cours.

Parmi les hommes qu'elle connaissait, aucun n'avait éveillé en elle, le moindre désir physique. Et voilà que Faouzi débarquait dans sa vie. Elle avait l'impression qu'il faisait partie de son paysage depuis longtemps. Elle en oubliait que peu de mois s'étaient écoulés depuis qu'elle l'avait rencontré.

Qu'il dissimule son passé l'interpellait et ternissait son attirance. « Ne t'emballe pas ! » se répétait-elle, essayant de se morigéner. Écartant aussitôt son injonction, elle préférait réfléchir sur ce qu'il cherchait auprès d'elle plutôt que de se pencher sur ses propres sentiments. Pour tempérer son élan, elle listait dans sa tête, tout ce qui pouvait les séparer : la religion, leurs traditions et coutumes, leur mode de vie, bien que ce dernier argument ne soit guère convaincant. Le point épineux revenait comme un leitmotiv : son passé.

Elle se sentait incapable d'aborder le sujet. C'était à lui de le faire, de lui témoigner ainsi sa confiance.

TOUS LES ANS, à l'approche du 21 novembre, les Vignal se réunissaient pour raviver la mémoire de leurs parents. Hasard du calendrier céleste, avec près de trente ans d'écart, leur père puis leur mère étaient décédés ce même jour où l'on fêtait paradoxalement dans l'allégresse la présentation de la Vierge Marie. Au fil des réminiscences, chacun y allait de son anecdote.

Les aînés s'attardaient autour de la table desservie alors que les petits étaient couchés. La conversation ripa sur une cousine veuve dont les perspectives se limitaient à ses enfants. Disponible, elle calquait sa vie sur la leur. Voilà que tout changeait.

— Figurez-vous qu'elle s'est trouvé un galant !

— Vous vous rendez compte ! Elle ne doit pas être loin des soixante-dix ans, il me semble.

— C'est sûr qu'elle devait se trouver un peu seulette.

— C'est certainement plus pour avoir une compagnie qu'autre chose. Parce que côté galipettes, à cet âge, que voulez-vous qu'ils fassent ?

Juliette s'abstenait de répondre. Au fur et à mesure qu'ils avançaient leurs arguments, elle sentait croître en elle un agacement qui confinait à la colère. Cette parente ne comptait qu'une dizaine d'années de plus qu'elle. Une échéance qui progressait à grands pas. Personne ne remarqua la crispation de ses mâchoires. Elle sursauta quand elle réalisa que le sujet glissait vers elle.

— Tu te vois, toi, maintenant avec un homme ? Déjà, lorsque tu étais encore jeune, tu écartais systématiquement les soupirants que nous te présentions.

Ah, ces fameux prétendants qu'ils lui avaient trouvés ! Un veuf qui avait passé la soirée à évoquer sa moitié irremplaçable, un divorcé incompris, et ce personnage indélicat qui l'avait questionnée sur ses croyances, réprouvant tout attachement religieux. Tous à l'abri du besoin, comme ils le lui avaient déclaré, persuadés que l'argument pèserait dans la balance. Belle engeance qu'elle avait préféré fuir !

— Heureusement, avec toi, nous pouvons être tranquilles.

Fustigée par leurs remarques, elle avait du mal à se contenir. Que voulait dire ce « lorsque tu étais encore jeune » ? Qu'elle était vieille désormais ?

Trop âgée pour avoir le droit d'aimer ? Et eux qu'avaient-ils fait de leur amour que la routine rongeait et transformait en habitudes ? Elle les observait avec leurs certitudes. Ils lui parurent vieux.

Ses pensées revenaient vers Faouzi. Elle aurait tant souhaité l'avoir à ses côtés, sentir ce parfum qui l'avait troublée ! Rien que pour leur démontrer qu'elle était toujours vivante, elle se dit qu'elle ne le repousserait pas s'il devenait entreprenant. À cette idée, une vague de chaleur l'enveloppa qu'elle assimila à du désir. Une phrase qu'elle avait lue quelque part dans une revue féminine, lui revint en mémoire : « Nous ne sommes pas des volcans éteints, ils sont juste parfois un peu plus durs à réveiller ».

Deux semaines s'écoulèrent avant que Juliette ne proposât d'inviter Faouzi à son tour. Le cours venait de se terminer et ils étaient seuls dans la salle. Il acquiesça, ajoutant avec un sourire énigmatique :

— J'ai une idée. J'aimerais qu'elle vous plaise. Sinon, pardonnez-moi !

Elle se retint de lui avouer qu'elle avait déjà arrêté le choix du restaurant.

— Vous m'avez dit que vous appréciez la cuisine marocaine. Je voudrais vous préparer un repas comme on mange au pays.

— Mais, j'avais l'intention de vous inviter... balbutia-t-elle, un peu gênée à l'idée de se rendre chez lui.

— Vous verrez, moi, je me débrouille pas mal, enchaîna-t-il, presque impératif.

Elle dissimula l'amusement que lui causait cette dernière affirmation. Il s'exprimait tout naturellement. Elle réalisait parfaitement que se retrouver seule, dans son univers, risquait de déboucher sur une aventure qui n'aurait plus rien de culinaire. À vrai dire, elle attendait et souhaitait que cela arrivât, car elle ne s'en étonna même pas. Il réussissait à l'attirer chez lui, sans qu'elle n'opposât de résistance.

Jusqu'à présent, leurs rendez-vous n'étaient que le fait d'une amitié et d'une compréhension réciproques. Aucun besoin impérieux et dérangeant ne venait perturber cette entente. Juliette appréciait qu'il s'intéressât à elle. Pourtant, lorsqu'elle s'attardait à penser à lui, un trouble la gagnait, à la fois tendre et ineffable. Elle se laissait emporter sans lutter.

« On n'arrive pas chez les gens, les mains vides », se répétait-elle, indécise sur ce qu'elle pourrait apporter. Il lui était impossible d'envisager quelque chose d'un peu personnel. Elle opta prosaïquement pour une bouteille de champagne.

La veille de ce dîner, elle avait mal dormi. Elle qui s'était imaginé que le temps des amours était révolu, voilà qu'un émoi oublié l'envahissait doucement, mais implacablement. Échouée, solitaire, au fond de son lit, elle sentait s'éveiller en elle des sensations et des impulsions qu'elle croyait éteintes et d'autres dont, jusque-là, elle ne soupçonnait pas la vigueur. Tout son être aspirait à la sensualité. Dans l'obscurité de la nuit, son imagination s'emballait entraînant dans un même sillage, fantasmes et sentiments.

Le matin balaya ses rêveries nocturnes, attisant pourtant son impatience au fil des heures. Lorsque arriva le moment de se préparer, elle enfila sans hésitation le pantalon de cuir qui avait marqué la première étape de son émancipation. Elle était prête à en franchir une nouvelle. À plusieurs reprises, elle vérifia sa tenue et son maquillage. Elle était satisfaite : rien de provoquant ni de désinvolte, seulement l'image d'une femme moderne.

Faouzi demeurait à l'autre bout du village, en direction de Marseille : environ trois kilomètres que sa voiture avala en quelques minutes. Tout le long du trajet, elle essayait d'imaginer le décor dans lequel il vivait et ce qu'elle espérait y trouver.

La cour était ceinte de murs crépis. À peine avait-elle sonné que le portail électrique s'ouvrit, comme s'il guettait son arrivée. Elle gara sa voiture et s'empressa de descendre. Il était là, dans l'encadrement de la porte, lui souriant, un bras tendu vers elle pour l'inviter à entrer. Il s'écarta pour la laisser passer, se contenant d'une simple formule de bienvenue. Avant même de franchir le seuil, un mélange d'arômes à la fois sucrés et épicés l'assaillit.

Après un conventionnel « vous n'auriez pas dû ! » pour le champagne qu'elle lui tendait, et l'avoir débarrassée de son manteau, il la guida vers le salon. Elle laissait traîner un regard curieux. Elle s'attendait à trouver une caverne d'Ali-baba où s'accumulaient cuivres, tapis, tissus chamarrés et objets maghrébins en tous genres. L'empreinte marocaine prédominait, soulignée par la présence d'un portrait du roi du Maroc en burnous blanc et coiffé d'une chéchia rouge, mais on était loin des clichés habituels. La pièce n'avait rien d'un bric-à-brac et conjuguait tradition et modernisme. Des banquettes accolées au mur du fond disparaissaient sous des coussins aux couleurs vives, tandis qu'à l'avant, deux fauteuils assortis à un canapé de cuir fauve faisaient face à un poste télévision de nouvelle génération. Bien qu'aux portes de chez elle, elle se sentît dépaysée, entraînée dans un voyage vers l'inconnu. Une aventure qu'elle abordait avec l'appréhension de la découverte.

Une bibliothèque sans vitre, abritait des livres sagement alignés sur ses étagères. Des cadres trônaient sur l'une d'entre elles, juste à hauteur d'homme. L'un montrait une jeune femme et une adolescente qui se ressemblaient. Figures épanouies, d'une grande beauté, aux yeux soulignés de khôl ; regard noir et profond qui captait l'attention. Un étrange sentiment, presque une piqûre de jalousie l'agressa. Était-ce l'épouse disparue et leur fille ? Comment, si tel était le cas, pouvait-on se détacher d'un être aussi superbe ? Perdue dans ses supputations, elle n'avait pas remarqué que son hôte se tenait derrière elle.

— Vous faites connaissance avec la famille.

Il lui enleva le cadre des mains, le reposa pour lui en tendre un autre.

— Je vous présente Rayan, mon fils. Quant à la photo que vous regardiez, il s'agit de Baya, ma femme, avec Leila, ma fille.

Elle sursauta. « Ma femme », ce possessif qui la gardait si présente ! D'un ton neutre, il évoqua brièvement la disparue.

— Elle est morte à Casablanca, deux ans après notre séparation.

Sa voix changea, se fit plus modulée, presque amère, quand il s'attarda sur Leila.

— Leila ressemble énormément à sa mère. Elle avait quatorze ans sur cette photo. La dernière fois que je l'ai vue, elle allait en avoir seize. Elle est restée à Casablanca. Chez nous, les femmes élèvent les filles tandis que ce sont les pères qui se chargent de l'éducation des garçons dès qu'ils atteignent sept ans. J'aimais mes enfants de la même manière.

Juliette s'étonna qu'il n'ait pas exposé une photo plus récente de la jeune fille, mais elle s'abstint de toute remarque. D'un geste décidé, il l'entraîna vers la table qu'il avait dressée avant son arrivée. La nappe blanche était parsemée de pétales de roses découpées dans un papier léger. S'esquivant un instant, il revint avec un plateau chargé d'un assortiment de hors-d'œuvre.

— Pour la suite, j'ai préparé un tajine aux citrons confits.

— Vous m'aviez caché vos talents de cuisinier.

Il hocha la tête.

— J'ai élevé seul mon fils quand Baya n'a pas voulu rentrer à Saint-Zacharie. Et un adolescent, ça mange ! Quand on a besoin, on apprend.

Elle était aux anges. L'intimité se glissait tout naturellement entre eux, entraînant le tutoiement. Tout était réuni pour une soirée réussie.

— À présent, tu connais ma famille. Tu m'as parlé de la tienne. Mais je ne sais rien de ce qui te concerne, toi. Tu as dû certainement rencontrer quelqu'un…

Il laissa sa phrase en suspens. Non parce qu'il redoutait de se montrer indiscret, mais parce qu'il possédait l'art subtil de la suggestion et que ses incitations dissimulaient de véritables questions.

Non, elle n'avait rien à révéler. Même pas ce fiancé éconduit à l'approche des noces. Il était sorti de son existence sans lui offrir le souvenir impérissable d'un grand amour. Sa mémoire ne vibrait à aucune évocation masculine. Elle s'était laissé enfermer dans un cocon d'habitudes, dans une routine isolante et protectrice. Elle aurait aimé fonder une famille, mais puisque la vie le lui avait refusé, elle s'en était accommodée. Une destinée banale que rien ne transcendait réellement.

Au moment du dessert, il déposa au centre de la table une assiette garnie de pâtisseries orientales. Le thé fumait dans les verres colorés, répandant des arômes mentholés, un peu grisants.

— Ne me dis pas que c'est toi qui as fait tout ça !

— Non ! Le plus drôle c'est que ces pâtisseries viennent du magasin de mon cousin.

Elle s'étonna de cette remarque.

— C'est justement pour lui que Baya m'a rejeté et m'a enlevé ma fille.

Il hésita un très court instant, puis poursuivit :

— Je peux encore admettre qu'elle m'ait quitté pour un autre, mais ce que je ne lui pardonne pas c'est d'avoir détourné Leila de moi. Par contre, je remercie ma mère de m'avoir inculqué que, pour chaque coup d'œil que nous jetons en arrière, il nous faut regarder deux fois vers l'avenir… Allez ! Assez parlé de tout ça !

Ils débarrassèrent ensemble la table. Elle remarqua le tube de crème pour les mains, sur le coin de l'évier. Il confiait l'entretien de sa maison à une femme de ménage. Ce devait être elle qui en faisait usage.

Il sortit une bouteille de mahia, un alcool de figue rapporté du Maroc, et lui proposa de s'installer sur le canapé de cuir. Il déposa deux verres à liqueur sur le plateau de cuivre qui, calé sur un trépied de bois, faisait office de table basse.

Elle sentit monter en elle une crainte sourde face à une situation qu'elle voyait lui échapper. Elle avait espéré ce moment, mais devant l'échéance, elle prenait subitement peur. Si elle devait reculer, ce ne pouvait être que maintenant.

— Il ne faut pas que j'abuse. Si la police m'arrête, avec tout ce que tu m'as déjà fait boire ce soir, j'aurai du souci à me faire, déclara-t-elle sans réelle conviction.

Légèrement enivrée par le vin qui avait accompagné le dîner relevé d'épices, elle se sentait succomber à la chaleur ambiante. Au fur et à mesure qu'il se rapprochait d'elle, elle retrouvait ce parfum auquel elle avait été sensible. Un désir incontrôlable s'emparait d'elle, annihilant toute velléité de fuite. Lorsqu'il posa ses lèvres sur les siennes, elle n'était plus qu'abandon. Il prenait son temps et leurs baisers s'enchaînaient. Elle lui était reconnaissante de ne pas la brusquer. Il y avait si longtemps qu'elle ne s'était plus lovée dans des bras masculins ! Elle ignorait que lui aussi n'avait plus connu de nuit d'amour depuis des lustres, et qu'il ressentait, tout comme elle, la crainte d'une maladresse dans les gestes qui conduisaient au plaisir. Sans qu'elle opposât la moindre résistance, il l'avait entraînée dans la chambre où une lumière tamisée, presque irréelle, s'échappait d'un abat-jour diaphane posé sur la table de chevet. Lorsque leurs corps furent presque dénudés, Faouzi allongea la main et éteignit la lampe.

La pluie frappait sans répit les volets de bois. Les ténèbres semblaient se déchaîner sur la ville endormie. Malgré la fatigue des étreintes, le sommeil fuyait Juliette. Blottie au creux des bras de son amant, elle réfléchissait à ces dernières heures. Elle ressentait une sorte de plénitude. Ironiquement, elle repensa aux remarques que les siens avaient formulées sur ces choses du sexe qu'ils refusaient à leurs aînés. « J'aime faire l'amour » lui répétait son corps, sans honte ni fausse pudeur. Alors tant pis pour leur jugement à l'emporte-pièce !

Dans l'obscurité de la pièce, elle ne pouvait discerner les traits de son partenaire, mais elle repensait à lui, ployé sur elle. Et toujours ce parfum ambré qui se dégageait de lui… Était-elle amoureuse ou était-ce cette communion physique qui l'attachait à lui, ou tout simplement la conjonction des deux ? Qu'adviendrait-il d'eux lorsque le jour reviendrait ?

Elle s'était laissée happer par l'infini de la nuit. Écartée de lui, elle lui tournait le dos. Comme dans un songe lointain, il lui sembla entendre le bouillonnement d'une eau claire. Elle finit par s'assoupir.

Après quelques brèves heures de sommeil, Faouzi, lui aussi, méditait sur ces moments intenses qu'ils venaient de partager. Bien sûr, il avait connu des aventures. Elles avaient toujours tourné court : généralement, des femmes mariées et qui s'offraient auprès de lui une escapade où les sentiments n'avaient pas leur place. L'une d'entre elles avait évoqué le divorce. Il avait fui : ce mot réveillait en lui trop d'émotions contradictoires. Il n'était jamais retombé amoureux, se bornant à une sexualité décevante dont les occasions de plus en plus rares avaient émoussé tout désir en lui.

Lorsque sa route avait croisé celle de Juliette, il avait ressenti quelque chose d'inhabituel. Ce n'était pas un attrait fulgurant, mais le besoin de sa présence qui s'imposait au fil des jours. L'attirance physique avait fini par s'installer. Les choses s'étaient faites progressivement. À présent, il était convaincu qu'elle était son destin. Le temps ferait son œuvre, c'était son meilleur allié.

La nuit qu'il venait de passer le confortait dans ses espoirs.

Il s'était levé avec précaution Il allait être l'heure de la prière matinale. Pour ne pas perturber le sommeil de Juliette, il avait fait ses ablutions et sa prière dans la cuisine. Le cœur gonflé de reconnaissance, il s'était tourné vers Dieu qui venait de lui ouvrir une porte nouvelle. Lorsqu'il s'était à nouveau glissé dans le lit, elle dormait profondément. Image de paix, d'un cœur de maison qui battait enfin harmonieusement.

Il faisait grand-jour lorsqu'elle s'éveilla. La voix de Faouzi lui arrivait étouffée depuis la cuisine. Elle mit quelques secondes avant de réaliser qu'il parlait au téléphone. Les yeux mi-clos, elle s'étira voluptueusement. Elle perdit la notion du temps. Le silence revint.

Faouzi s'assit au bord du lit, à côté d'elle. Il allongea la main pour relever la mèche qui barrait son front et y déposer un baiser qu'il prolongea. Juste un « Ça va ? Bien dormi ? J'espère que je ne t'ai pas réveillée » et il se leva en lui annonçant qu'il allait préparer le petit-déjeuner. Un simple geste affectueux qu'elle reçut comme une brûlure et la laissa désorientée ; son corps n'attendait pas cette marque de tendresse, mais espérait un reste de fougue amoureuse.

— Ne bouge pas ! Je te rapporte un peignoir.

Il quitta la chambre dès qu'il eût déposé le vêtement sur le lit. Un peu dépitée, elle se retrouva dans la salle de bains. « Décidément », murmura-t-elle à la vue d'un autre tube de crème pour les mains, sur le rebord du lavabo.

Toute la matinée, elle désira qu'il l'attirât à lui, qu'il la serrât contre lui. Elle cherchait le contact de sa peau. Un besoin charnel la poussait vers lui. Il restait sans réaction devant ses avances déguisées, se contentant d'afficher un bonheur paisible. Son attitude finit par instiller le doute chez Juliette.

Était-elle pour lui qu'une rencontre de plus qui lui permettait d'assouvir ses pulsions alors qu'il était toujours épris de son épouse défunte ? Une envie de fuir l'envahit. Il lui fallait faire le point entre aventure et amour. Pour cela, elle avait besoin de retrouver ses repères familiers. Il insistait pour la garder auprès de lui. Elle prétexta vouloir se changer.

— Je prépare quelque chose pour midi. Le temps que tu reviennes, tout sera prêt, affirma-t-il d'un ton péremptoire.

Elle ne put qu'accepter et promettre de ne pas s'éterniser. Elle s'engouffra dans sa voiture, avec l'impression de prendre la fuite.

Se retrouver chez elle ne lui apporta pas la paix espérée. Désemparée, elle regarda autour d'elle. Elle frissonna. Son intérieur lui sembla froid, les objets ne répercutaient plus les images de son passé. Presque sans écho, ils ne lui offraient pas la protection qu'elle était venue chercher. Comme un automate, elle enfila un col roulé et se glissa dans un jeans. S'inspectant devant son miroir, elle ne put réprimer un sourire. Faouzi avait revêtu une tenue similaire. « Allez ! Il est peut-être tout aussi intimidé que toi », s'obligea-t-elle à espérer.

Lorsqu'elle revint allée des Cascades, ses doutes s'étaient dissipés. Il lui faisait face. Une expression de bonheur flottait sur son visage bien qu'il se contînt de toute expansivité. Devant lui, la même fièvre la gagnait.

Il lui proposa de passer l'après-midi à Aix-en-Provence.

— Pour ce soir, on verra. On pourrait prendre quelque chose à manger chez un traiteur.

Phrase magique dont la musique résonna gaiement aux oreilles de Juliette. Il y aurait donc une autre nuit.

À l'approche des fêtes de Noël, l'ambiance des rues prenait un caractère féerique. Des guirlandes de lumière descendaient en grappes des platanes du cours Mirabeau. Tout le long de l'artère s'alignaient les chalets scintillants des producteurs régionaux. Les deux amants se laissaient emporter par l'émerveillement.

— J'ai toujours aimé cette fête même si notre religion la réprouve : les musulmans, nous ne célébrons pas les anniversaires des prophètes. Pour nous, Issa, votre Jésus, est un prophète comme les autres. Mais on n'a pas le droit d'imposer à un enfant d'être différent. Je tenais à ce que les miens vivent comme leurs camarades et profitent avec eux de cette période de cadeaux. La foi, nous la portons dans notre cœur d'adulte, laissons-leur les joies de leurs premières années !

De retour chez Faouzi, elle eut l'impression que la plupart des objets lui devenaient familiers. Peut-être parce qu'ils reflétaient la personnalité de son amant. Elle aurait souhaité que, dès la porte refermée, il la prenne dans ses bras. Une fois encore, elle dut se contenter de la tendresse de son regard et de ses gestes attentionnés.

Elle avait dressé la table. Pendant qu'il s'affairait dans la cuisine, elle revint vers la bibliothèque. Ce meuble l'attirait : il renfermait les secrets de cette famille éclatée. Fascinée par les photos, elle les redoutait pourtant. Peur de ce qu'elle pourrait y découvrir, de ce bonheur perdu qu'il gardait précieusement enfoui en lui, d'une histoire où elle ne trouverait jamais sa place et qui barrait peut-être l'avenir avec cet homme auquel elle s'attachait.

Elle préféra se pencher sur les livres. Les éditions Harlequin y étaient largement représentées. Elle ne goûtait guère cette littérature sentimentale, et ne s'y arrêta pas. Elle remarqua une série d'ouvrages à la couverture blanche. Elle ne connaissait pas cette collection. Par contre, les noms de certains auteurs lui étaient familiers. Elle se saisit d'un titre de Catherine Paysan. À son grand étonnement, elle constata qu'une page avait été arrachée, puis une autre et d'autres encore, jusqu'à la toute dernière dont il manquait la moitié. Intriguée, elle reposa le livre et en ouvrit un autre. Là encore, une page avait été arrachée. Elle en découvrit une autre quelques chapitres plus loin. Puis une autre encore. Cherchant une explication rationnelle, elle inspecta d'autres romans. Tous se trouvaient amputés de la même manière incompréhensible.

— C'est Baya qui lisait. Elle a eu la chance d'aller à l'école longtemps, lui expliqua Faouzi qui se tenait derrière elle.

Il remarqua que quelque chose la tracassait. Peut-être était-ce l'empreinte laissée par sa femme ?

— Je ne m'en suis jamais séparé. On ne détruit pas un livre et j'aime leur présence dans une maison. Leila en avait d'ailleurs lu certains, précisa-t-il comme pour s'excuser.

Elle s'en voulut de cette jalousie malsaine qui l'envahissait dès qu'il évoquait Baya. Elle devait penser qu'il avait une fille à laquelle il restait, tout naturellement, attaché.

— Explique-moi pourquoi tant de pages ont été arrachées.

— Le Coran nous encourage à la pudeur. Il est des choses que nous ne devons pas faire ni dire ou lire. Chez nous, on ne parle pas d'amour. Ce n'est pas un vice, loin de là ! Mais ce sont les yeux qui attisent la concupiscence et déchaînent l'imagination. Aussi, après les avoir lus, Baya, elle avait arraché les passages trop intimes qui auraient pu perturber ou inciter à la débauche une jeune fille comme Leila... Des choses que l'on fait dans un couple, mais que l'on tait et que l'on ne montre surtout pas.

S'interrompant quelques instants, il reprit d'un ton légèrement sarcastique :

— Tu crois que j'aimerais les lire ? De toute façon, je les remplacerai dès que je serai en mesure de choisir mes propres livres. Tu m'y aideras ?

Bien sûr qu'elle l'assisterait, mais elle ne déciderait pas pour lui ! Sa demande l'émouvait d'autant plus que, penché sur son oreille, il venait de lui murmurer un proverbe de chez lui : « Celui qui t'instruit te donne la vie ». Quelques mots tout simples pour une sentence qui valait toutes les déclarations.

Sur l'étagère la plus élevée, il lui désigna un gros ouvrage, présenté de front : un volume ancien portant les arabesques élégantes de la langue arabe, « cette musique pour les yeux », ainsi que l'on qualifiait cette calligraphie étudiée. Tout à côté reposait une paire de gants confectionnés dans un fin textile d'un beige jauni par les ans.

— Un très vieil exemplaire de notre livre sacré. Il appartenait à mon grand-père. Il me l'a donné au moment de mon départ pour la France. Il était très âgé et je ne voulais pas quitter le Maroc sans aller le voir. C'était un homme qui cultivait la sagesse et je savais combien ce livre lui était précieux. Ses paroles résonneront toujours à mes oreilles quand il me l'a tendu : « Si tu t'égares, ce Coran t'aidera à retrouver le chemin de la maison ».

Quelques secondes durant, le silence s'imposa dans la pièce, un silence chargé de poésie, d'émotion et de beauté. Puis, il reprit :

— Chaque fois qu'il l'ouvrait pour nous en lire un verset, il enfilait d'abord ces gants que tu vois là. Nos mains sont sacrées aux yeux de Dieu et doivent être pures lorsqu'elles touchent le Coran. Nous devons les protéger contre tout acte de destruction.

— C'est la raison de ces crèmes un peu partout chez toi ? avança Juliette sans ironie.

Il hocha légèrement la tête.

— J'ai toujours préservé mes mains pour ne pas endommager les pages que je tournerai un jour lorsque je posséderai la lecture. Quand j'ai commencé comme maçon, ce n'était pas possible. Après, dès que j'ai pu, j'ai eu recours à des gants de travail.

Il se tut quelques brèves secondes. Les yeux plissés et moqueurs, il ajouta :

— Je ne renie aucune tâche, mais des mains soignées restent la marque d'une position sociale enviée.

Et dans un éclat de rire, il conclut :

— Des mains lisses sont certainement beaucoup plus agréables lorsqu'elles caressent une peau féminine…

Un peu plus tard, lorsqu'il allongea le bras pour éteindre la lumière du chevet, elle ne réagit pas et s'abandonna à lui. Elle ne redoutait plus ces ténèbres qui dissimulaient leurs amours. Les fantômes s'évanouissaient.

Au centre d'apprentissage, Juliette avait évoqué son souhait d'orienter différemment sa manière d'enseigner. La responsable se montrait très sceptique tandis qu'elle persistait dans son idée.

— C'est bien joli de leur permettre d'aligner des mots les uns derrière les autres. Le but c'est de leur faire comprendre le texte qu'ils ont entre les mains, de les amener à réfléchir. Il faut trouver un ouvrage qui force leur imaginaire, qu'ils aient envie d'aller plus loin. Pour être plus efficaces, nous devons apprendre à leur apprendre, ajouta-t-elle en une boutade.

Elle avait sa petite idée. Dans sa bibliothèque, elle avait retrouvé *Le Petit Prince* de Saint-Exupéry. Un langage simple, dépouillé, accessible aux enfants, qui véhiculait une conception symbolique de la vie. Chaque chapitre relatait une rencontre différente qui favorisait un questionnement sur le comportement parfois absurde des hommes. Une allégorie qui entraînait le lecteur à la réflexion.

La première séance s'avéra pénible pour Faouzi qui avait du mal à dérouler les phrases. Pour les autres participantes, l'expérience fut franchement catastrophique et suscita de grands éclats de rire. Juliette dut se rendre à l'évidence. Faouzi était le seul avec lequel elle pouvait envisager d'aborder la lecture sous cet angle.

Ils en reparlèrent une fois seuls. Il n'hésita pas à accepter sa proposition de se pencher ensemble sur *Le Petit Prince*. Ces séances lui permettaient de garder davantage Juliette à ses côtés.

La première semaine s'était passée dans la fébrilité de l'attente. Personne ne pouvait deviner leur liaison. Un frôlement de doigts, un regard, un sourire complice, rien ne trahissait les sentiments qui se tissaient entre eux, même s'ils ne se cachaient pas l'indéniable amitié qu'attestait leur tutoiement.

Hors de la salle de cours, chacun vaquait à ses activités. Les rendez-vous ne manquaient pas à Faouzi qui entendait lâcher les rênes à son partenaire dès le début de l'année qui s'annonçait. Il avait envisagé une transition plus longue, mais depuis que Juliette était entrée dans sa vie, il aspirait à des lendemains différents.

Juliette, qui n'avait jamais vécu en couple, restait perplexe, tiraillée entre espoir et doute. Il possédait une histoire, alors qu'elle n'avait mené qu'une existence prosaïque. Elle craignait de devoir s'intégrer dans un monde réservé et masculin, sans imaginer que lui aussi pouvait ressentir les mêmes affres. Pour l'instant, la nouveauté avait ses charmes. Que deviendrait l'attrait au fil du temps ?

Un soir, alors qu'elle l'avait rejoint chez lui, elle eut l'impression que quelque chose avait changé. Rien de spectaculaire. Un détail qui dès qu'elle s'en rendit compte, provoqua en elle un tel trouble que ses joues s'embrasèrent. Sur l'étagère de la bibliothèque, l'instantané qui réunissait la mère et sa fille avait disparu. Il avait été remplacé par un cliché de Leila, seule, un chaton dans les bras qu'elle regardait avec tendresse. Faouzi, à l'affût de sa réaction, s'approcha.

— C'est la dernière photo que j'ai de ma fille. Elle a été prise le jour où elle a adopté son Filou. Sa mère n'en voulait pas parce qu'il risquait de salir la maison. C'était elle qui gérait tout. C'est la femme qui décide de son intérieur. Finalement, elle s'est laissé fléchir.

L'occasion se présentait.

— Leila, il y a longtemps que tu ne l'as pas revue ?

— Oui ! Depuis la séparation avec Baya. J'ai eu de ses nouvelles grâce à ma mère. Dix-huit ans déjà... Elle avait gardé le contact avec elle. C'est comme ça que j'ai su qu'elle a réussi son baccalauréat. Quand elle est entrée à la faculté de médecine, elle n'avait plus guère de temps à elle. Heureusement, elle faisait des stages à l'hôpital Ibn Rochd, là où ma sœur travaillait. Des fois, elles se croisaient et elles parlaient.

— Tu n'as pas cherché à la retrouver ?

— Bien sûr ! Mais je n'y suis pas arrivé. Jamais, elle n'a voulu donner son adresse. Personne ne savait où elle habitait, même pas mon cousin. Un jour, je me suis rendu à son bureau de Marseille pour l'interroger, malgré ma réticence à le rencontrer. Tout ce qu'il a pu me dire d'elle c'est qu'elle faisait des études de médecine et qu'elle avait quitté Casablanca pour Rabat. Cela fait si longtemps que je ne sais plus rien d'elle. J'aimerais comprendre pourquoi elle m'a rejeté comme l'a fait sa mère. Elle doit être mariée et avoir des enfants. Ce doit être une belle femme maintenant… termina-t-il en détournant la tête pour dissimuler les larmes qui ourlaient ses paupières.

Au ton de sa voix qui se brisait, Juliette avait remarqué l'émoi qui le submergeait. Voulant l'entraîner vers d'autres pensées, elle s'enquit du chat.

— Je l'ai gardé. Nous avons vécu ensemble de longues années. J'aimais sa présence, surtout après que Rayan ait quitté la maison. Il me rappelait mes enfants. Je n'étais pas seul. Tu sais, on voit d'abord que tu es arabe ou noir. C'est seulement plus tard, lorsqu'on te connaît qu'on découvre l'homme que tu es. C'est pareil pour les animaux tant que tu n'as jamais vécu avec eux.

Sa mort l'avait peiné. Il l'avait enterré dans le jardin, et avait planté sur sa tombe un bougainvillier aux fleurs écarlates, comme ceux qui s'agrippaient aux murs chaulés des rues de Casablanca.

En ce dimanche du 13 décembre, les cloches de l'église annonçaient *lei countié*, ces jours compteurs entre la Sainte-Luce et Noël. Faouzi écoutait Juliette lui expliquer que chacun d'entre eux prédisait le temps qu'il ferait au cours des douze mois de l'année nouvelle. Lorsqu'il prit la parole, ses yeux brillaient d'un éclat inhabituel :

— L'avenir, je le connais. Il sera, pour tous les mois à venir, comme aujourd'hui si tu le veux bien. Épouse-moi !

Abasourdie, elle garda le silence. Elle avait banni le mot « mariage » de son existence. Voilà qu'il venait la bousculer à un âge où elle se croyait à l'abri de tout chamboulement.

— Tu es sérieux ? balbutia-t-elle maladroitement.

Il était évident qu'il ne plaisantait pas. Il eut soudain peur de ne pas trouver l'écho espéré. Il aurait aimé trouver des mots exceptionnels. À peine parvenaient-ils à ses lèvres, qu'ils lui échappaient et s'évanouissaient. Il opina de la tête et ravalant sa salive, il reprit :

— Je ne cherche pas à te brusquer. Nous nous connaissons depuis peu. Les aventures, je n'aime pas ça. J'ai besoin de savoir si je peux croire que nous avons un avenir commun. Je ne te demande pas de te marier avec moi dès demain, mais que tu l'envisages sérieusement.

Submergée de sentiments divers, elle ne s'entendit pas répondre un « oui » étouffé. Son imagination ne s'emballa pas. Elle eut subitement l'impression d'évoluer dans un monde ouaté et insondable. Des images se formèrent, remontant depuis ses jeunes années, les seules qui lui paraissaient réelles face à celles d'un futur inconnu. « On est porteur des paysages de son enfance », se dit-elle en son for intérieur. Elle allait devoir découvrir ceux de son fiancé.

Depuis cette soirée, ils ne se quittaient guère, ne cachant plus leur relation. On prit l'habitude de les voir cheminer ensemble, bras dessus bras dessous ou la main dans la main. Rares furent les remarques désobligeantes.

Avant leur engagement, Juliette avait accepté de passer les fêtes de la Nativité auprès des siens. Faouzi devait rejoindre Rayan à Brive-la-Gaillarde pour y faire la connaissance de sa future belle-fille et de ses parents. Une séparation qui leur permettrait d'annoncer la nouvelle à leurs proches. Chacun d'eux redoutait cet intermède.

Le matin du départ, elle lui tendit un sachet de plastique marqué du nom d'une librairie.

— Tiens, c'est pour toi : *Manon des sources.* C'est la suite de *Jean de Florette* Comme ça, tu auras l'histoire au complet.

Et elle ajouta malicieusement :

— J'espère que tu n'arracheras aucune page !

Il sortit le livre de son emballage. Il posa sa main sur la sienne et les mots que sa bouche retint, son regard les exprima.

Elle l'avait conduit à Marseille. Quand le train disparut de son horizon, elle se sentit seule et désorientée. Dans presque une semaine, elle grimperait à nouveau les marches du monumental escalier de la gare Saint-Charles. Il serait de retour.

Ils avaient prévu de passer le Premier de l'an ensemble. Elle y tenait autant que lui. La tradition n'affirmait-elle pas que la jeune fille qui rencontrait un garçon ce jour-là était assurée de se marier dans l'année ? Plus très jeune en ce qui la concernait, se disait-elle mais après tout, le cœur ne connaissait pas les rides.

Par la fenêtre du train, le paysage défilait, changeant. Passé Montpellier, c'était une mosaïque de champs striés du noir des vignes dépouillées de leur feuillage. Bientôt, le soleil disparut derrière une couche laiteuse qui annonçait un crépuscule humide. On était aux jours les plus courts de l'année.

Faouzi se lassa du spectacle. Il sortit son *Jean de Florette*. Il concentra son attention sur les caractères, s'efforçant de ne pas suivre du doigt les mots alignés, comme le lui avait prescrit Juliette. Au début, elle l'avait laissé faire, mais rapidement, elle l'avait obligé à abandonner cette pratique. Elle avait eu raison de lui imposer cette difficulté supplémentaire. Il imagina sans peine le regard condescendant des autres voyageurs s'ils l'avaient vu tâtonner et buter au fil des lignes. Il contint un sourire : l'histoire était un perpétuel recommencement. Après Leila qui corrigeait immanquablement ses erreurs de syntaxe, c'était maintenant Juliette qui n'hésitait pas à le reprendre.

Les heures s'écoulaient interminables, entre quelques pages lues et des moments de somnolence. Il n'était pas habitué à rester ainsi confiné.

Le train commençait à ralentir et la gare se profilait à peine qu'il attendait déjà devant la portière. Le décor s'agrandissait rapidement. Il cherchait son fils parmi tous les gens sur le quai. Il l'aperçut et son cœur se mit à battre la chamade. Il était si beau, le même regard que sa mère ! Pour la première fois, la comparaison ne raviva pas ses blessures. Une vague de bonheur le submergea. Comme il avait eu raison de lui consacrer sa vie !

La fatigue, un froid intense et une architecture différente donnèrent à Faouzi l'impression de débarquer en terre étrangère. Assommé par le bruit continu des heures passées dans le train, il perdait le fil des explications de Rayan.

Tandis qu'il plaçait dans le coffre de sa voiture le bagage de son père, Rayan nota avec amusement le journal qui dépassait de la poche extérieure. Il s'abstint de tout commentaire.

— On n'est plus très loin. Juste quelques minutes et nous serons rendus.

Faouzi formula une phrase d'excuses pour son arrivée tardive.

— En ces temps de fête, on dîne tard. Les parents de Sylvie ne ferment pas le magasin avant vingt heures.

Une boule d'appréhension nouait l'estomac du voyageur. Il avait peur de ne pas être à la hauteur des attentes de son fils. Surtout, ne pas lui faire honte !

Ils s'engagèrent dans une voie désertée et s'engouffrèrent dans un garage. Pour ce que Faouzi avait vu de la ville, elle lui paraissait grise et inhospitalière. Il frissonna. Une fois revenus à l'extérieur, les deux hommes débouchèrent sur le parvis de la collégiale Saint-Martin. Un autre monde s'offrit à ses yeux, coloré et animé.

Ils passèrent devant la vitrine d'une épicerie fine.

— C'est le magasin des parents de Sylvie. Il appartient aux Ayssartier depuis trois générations, précisa Rayan en adressant un geste de la main à la dame derrière la caisse.

Sur le côté de la boutique, une porte ouvrait sur un hall conduisant au domicile des Ayssartier. Ils parvinrent dans le salon. La lumière un peu vive d'un plafonnier agressa les yeux fatigués de Faouzi. À l'exception de la maîtresse de maison, la famille était réunie et s'activait à préparer le repas.

Tandis qu'il s'installait dans la chambre qu'on lui avait réservée, il apprécia ces instants de répit. Quelques minutes rien qu'à lui pour se rafraîchir, remettre de l'ordre dans ses pensées et prier.

La table avait été dressée avec raffinement. L'ambiance se révélait guindée. Il sentait le regard de ses hôtes peser sur lui. D'un verre et d'une bouchée à l'autre, les tensions s'effacèrent. La défiance disparaissait au profit d'une cordialité presque bon-enfant.

— Nous apprécions beaucoup votre fils. Quand Sylvie nous a annoncé vouloir faire sa vie avec lui, nous avons réagi comme tous les parents. Un peu de nostalgie de la voir nous échapper pour fonder à son tour un foyer. Bien que ce soit le lot commun de tous les parents, nous ne sommes jamais préparés lorsque arrive l'échéance. C'est notre fille unique…

Ils n'osaient pas évoquer leurs réticences quand elle leur avait appris que l'homme qu'elle voulait épouser était arabe. Elle s'était contentée de leur avouer qu'il était « d'origine marocaine ». Ce qui se rapprochait de la réalité puisqu'il était né et avait toujours vécu en France. Sa culture était essentiellement française. Leur seule réserve, mais d'importance, portait sur sa foi différente de la leur. Rayan leur faisait oublier qu'il était basané. Il réunissait de nombreuses qualités pour devenir un gendre tout à fait acceptable.

La province abritait une bourgeoisie qui avait contribué à sa richesse. Loin du regard des autres, elle avait su préserver traditions et croyances. Dans toute union, le point d'orgue restait la cérémonie religieuse. La conversation finit par riper sur ce rituel incontournable.

— Monsieur l'abbé de Saint-Sernin accepte de les marier. Il suffit d'une dispense de disparité de culte. Notre famille est très pratiquante. J'espère que vous n'y voyez pas d'inconvénient ?

— Le Coran admet qu'un musulman épouse une femme du Livre, juive ou chrétienne. Je connais d'ailleurs de nombreuses unions mixtes qui marchent bien, affirma Faouzi à la grande satisfaction de ses hôtes.

— Originellement, nos religions étaient semblables. Les différences viennent de ce que les hommes en ont fait, conclut doctement monsieur Ayssartier.

Faouzi ignorait quelle foi habitait son fils. Était-il resté fidèle à l'enseignement auquel sa mère l'avait initié ? Lui-même ne se conformait qu'à la prière matinale et à celle du soir qu'il cumulait avec celles auxquelles il n'avait pas sacrifié dans la journée. Il souscrivait à l'obligation de l'aumône, mais n'avait jamais accepté de voir ses enfants, à l'adolescence, pratiquer le ramadan. Il n'était pas question que leur concentration scolaire soit mise à mal par un jeûne rigoureux. De même qu'il ne le suivait plus, lui-même, depuis ce jour où l'un de ses ouvriers, pris d'un étourdissement, avait causé un dramatique accident. Aussi, portait-il davantage la religion au fond de son cœur qu'il n'en respectait les impératifs.

Le lendemain, le ciel restait bas. Faouzi éprouvait une inexplicable impression de froid malgré le chauffage qui lui desséchait la gorge. Il ne se sentait pas à sa place. Comme tout eut été différent si Juliette avait été auprès de lui ! Sa présence aurait fait oublier ses origines et tout ce que l'on avait coutume d'y rattacher, pensait-il.

Un exemplaire du quotidien *La Montagne* était posé sur un coin du buffet. En première page, étaient évoquées les conséquences des représailles de l'opération Renard du Désert, menée par les Américains et les Anglais en Irak. Là, dans ce milieu conservateur, il n'avait aucune envie d'aborder un sujet aussi grave qui impliquait un peuple arabe avec lequel il ne ressentait aucun lien spécial. La une du journal s'attardait sur cette nativité qui occupait le quotidien de chacun. Redoutant d'affronter un texte trop long, il se pencha sur un encadré consacré à La Havane qui s'apprêtait à respecter ce rituel chrétien. Il lisait lentement, mot par mot, puis les regroupait pour comprendre la phrase écrite. Il n'eut pas le temps de déchiffrer l'article dans sa totalité, mais il en avait suffisamment saisi le sens pour avancer un commentaire.

Après les quelques formules habituelles des retrouvailles matinales, tout le monde s'attabla. Les conversations s'engagèrent. Avec un détachement tout feint, il attira l'attention sur cette messe de Noël qui serait dite à Cuba alors qu'elle était interdite depuis 1969. Cette évocation n'était pas fortuite. Elle montrait à son entourage son intérêt pour leur fête sacrée et lui apportait l'immense satisfaction de s'associer à ce milieu cultivé auquel il avait tant rêvé d'appartenir.

La table débarrassée, Rayan alla discrètement consulter le journal. Interloqué, il se mordit les lèvres pour ne pas laisser échapper un « mais tu sais lire ». Le moment n'était pas opportun.

Lorsqu'il entraîna son père à la découverte de la ville, le temps était sombre, d'une tristesse que la multitude de lumignons multicolores parvenait à peine à estomper. Le col de son manteau relevé, les mains protégées par ses habituels gants de cuir, Faouzi ressentait la rigueur des premiers jours d'un hiver continental. D'un commun accord, ils franchirent la porte d'un café.

La fumée d'un thé brûlant s'échappait en filaments laiteux et ondoyants. Enfoncé dans un fauteuil de moleskine, Rayan observait son père. Il ne voulait pas le heurter, mais son besoin de savoir l'emportait.

— Il faut que je te demande quelque chose... Dis-moi ! Tu lis ? bafouilla-t-il mal à l'aise et conscient de l'indécence de sa question.

— Pourquoi... ? lâcha le père, la gorge trop nouée pour achever.

Retrouvant la maîtrise de lui-même, il ajouta sans acrimonie :

— Comment peux-tu supposer que je ne sache pas ?

Soulagé, Rayan lui expliqua comment il avait découvert son ignorance. Une sanction mentionnée sur le carnet de correspondance, une demi-page, qui requérait le visa paternel.

— Quand je t'ai montré le carnet, tu m'as demandé de quoi il s'agissait. Je me rappelle encore l'intuition qui m'a frappé : j'ai inventé une histoire sans conséquence. Le lendemain, tu m'as rendu le carnet signé de ton habituel grigri, sans émettre le moindre commentaire, alors que tu aurais dû me punir. Ensuite, je t'ai tendu de petits pièges qui m'ont confirmé ce que je venais de découvrir. Je n'ai jamais osé t'en parler, précisa-t-il en abaissant le ton de sa voix.

Le silence s'installa et avec lui une intimité propice aux révélations. D'une sensibilité à fleur de peau, Faouzi fournissait de gros efforts pour dissimuler ses émotions profondes. Ses paupières s'humidifièrent, mais il réussit à contenir ses larmes.

— Oui, j'ai appris à lire, mais pas seul. Grâce à une femme... J'aimerais te parler d'elle.

L'occasion s'était présentée tout naturellement. Les mots lui parvenaient, fluides, spontanés, sans emphase. Il était heureux d'évoquer la femme qu'il aimait et les sentiments qu'ils partageaient. L'intérêt attendri de Rayan le comblait. Lorsqu'il conclut, avec une modestie feinte, qu'en principe la passion était l'apanage de la jeunesse tandis que la raison était plutôt celui de l'âge mûr, son fils l'interrompit :

— Tu n'as pas à te justifier. La vieillesse n'est souvent qu'un état d'âme. Je suis heureux pour toi. Tu n'as pas une photo ?

Délicatement, Faouzi avait extrait celle qu'il gardait dans son portefeuille. Avant de la tendre à son fils, il passa la main dessus, une simple caresse qui le rapprochait de l'absente.

— Tu as du goût ! Vous faites un beau couple !

Sous la lumière diffuse de la salle, Rayan observait son père. Ses traits lui parurent moins tirés. Dans ses yeux brillait une lueur semblable à celle qu'il lui avait si souvent réservée avec, en plus, quelques paillettes inhabituelles. Malgré ses cheveux argentés, il n'était pas vieux, il était simplement un homme apaisé et rassuré par l'enseignement que la vie lui avait dispensé et qu'il avait accepté.

L'humidité vespérale accentuait le froid qui glaçait les trottoirs. Le jour déclinait. À présent, Faouzi contemplait le décor qui lui offrait sa majesté, sa plénitude. Les demeures s'imposaient, témoins d'une riche bourgeoisie ancestrale et préservée. Il devint attentif au remarquable travail de cette pierre à laquelle il avait consacré son activité professionnelle. Elle lui sembla moins grise, plus belle et noble. Son regard était différent et son cœur plus serein. Il était tout simplement en accord avec lui-même et son entourage.

Une collation était prévue avant la messe de minuit. Ses hôtes étaient de fervents catholiques et il aurait été malvenu de ne pas se joindre à eux. Cette cérémonie, si semblable à celle célébrée en Provence, lui permettrait d'exprimer la joie qui l'habitait et de communier en pensée avec Juliette. Il retint un sourire en songeant qu'il s'était approprié cette Provence où il vivait depuis des décennies et où avait grandi son fils. Ce n'était pas qu'il reniât le Maroc de ses ancêtres et de sa jeunesse. C'était les siens, restés au pays, qui ne le reconnaissaient plus comme l'un des leurs. À l'exception de sa mère, dont le cœur abolissait d'instinct les frontières, et de sa plus jeune sœur, on le regardait désormais comme un étranger, un parent lointain qui avait adopté une autre façon de vivre. Au fil des ans, ce constat lui était devenu moins douloureux.

Au début de sa rupture avec Baya, il avait cherché son identité entre France et Maroc. Son fils lui avait apporté la réponse et balayé son questionnement. Origines et racines, deux valeurs distinctes. Ses origines, il les portait sur son visage. Il ne pouvait pas les renier et ne le souhaitait pas. Elles étaient la mémoire des joies de son enfance et de ses difficultés d'homme. Ses racines se trouvaient là-bas, par-delà la Méditerranée, mais elles s'ancraient également dans cette Provence qui avait vu naître ses enfants. Après tout, les racines d'un arbre étaient multiples. Celles d'un homme pouvaient l'être aussi.

Après la solennité de la messe, la soirée s'était prolongée autour d'une table. Le « gros dîner » incontournable avait couronné cette nuit d'espoir et de paix. Ses hôtes avaient eu le bon goût de ne présenter aucune préparation à base de porc. Il leur était reconnaissant de cette délicatesse qui signifiait son appartenance à leur coterie. « Maintenant vous faites partie de notre famille » avait déclaré le maître des lieux en levant son verre pour porter un toast.

Lorsque enfin chacun eut regagné sa chambre, seul dans son grand lit, Faouzi pensait à Juliette. Toute la journée, il l'avait associée à ses émotions et à ses découvertes. Elle lui avait paru si proche quand il en avait parlé à son fils. Grâce à elle, désormais, il écrivait ses blessures dans le sable et gravait ses joies dans la pierre.

JULIETTE AVAIT PRIS LA ROUTE de Salon-de-Provence. Sa sœur et les siens occupaient une villa située chemin de Vilette, un quartier résidentiel qui s'étirait au milieu de bosquets de verdure. À peine descendue de voiture, elle se trouva plongée dans l'effervescence qui s'était emparée de la maisonnée. Elle gagna aussitôt la cuisine, chaude et odorante. Elle ne serait pas de trop dans la préparation des agapes. Dans ce contexte, il lui faudrait attendre pour évoquer ses projets.

Les traditions perduraient et avec elles ce rituel respectueux de la sainte nativité. Elle s'était attachée à perpétuer ces moments d'exception qu'elle et sa sœur avaient eu le bonheur de vivre auprès de leurs parents. Elle était dépositaire de ce qu'elle avait reçu des siens. À leur tour, Rosine et Paul se chargeaient de la transmission à la génération suivante.

Rosine et sa belle-sœur s'activaient aux fourneaux, tandis que les aînés des enfants dressaient la table. Rien ne manquait : les trois nappes immaculées, les trois chandeliers que l'on allumerait au moment d'entamer le repas, les trois soucoupes de blé germé de la Sainte-Barbe. Incontournable chiffre trois qui symbolisait la Trinité sacrée. La journée s'écoula enfiévrée, pleine de rires.

— L'année prochaine, on prendra une baby-sitter. Comme ça, on pourra aller suivre la messe à la Collégiale, décréta Rosine.

« L'année prochaine », ces mots résonnaient dans le cœur de Juliette, en notes claires et chantantes. On mettrait un couvert de plus. Faouzi l'accompagnerait. Elle se prit à rêver et sursauta lorsque sa sœur l'interpella. On allait passer à table.

Les souvenirs s'égrenaient tandis que les assiettes et les verres se vidaient. Le mari de Rosine déboucha une bouteille de *saouvo-crestian*, une eau-de-vie dans laquelle macéraient des grains de raisin, cueillis aux vendanges de l'année. Ce « sauve-chrétien » était un breuvage ancestral qui savait dissiper les derniers vestiges de mélancolie. Puis les « tu te souviens » laissèrent la place aux projets et à cette proche soirée du « bout de l'an ». Elle écoutait, consciente qu'elle serait bientôt sur la sellette. Elle se préparait à affronter la tension que déclencheraient ses révélations.

— Et toi ? Tu fais comme l'an passé ? Avec tes amies ? Sinon, tu sais que tu es toujours la bienvenue si tu souhaites te joindre à nous.

Le moment était arrivé. À l'écoute de leur proposition, elle perçut un souffle d'affection mêlé de commisération. S'efforçant de maîtriser le désordre qui la bousculait intérieurement, elle lâcha :

— Pas de problème. Pour l'instant, nous ne savons pas encore ce que nous ferons. Mais de toute façon, cette année, ce sera un réveillon en amoureux.

Les gestes se suspendirent comme si une vague glacée et paralysante venait de s'abattre. Quelques instants d'éternité que rompit Paul dans un éclat de rire :

— Finalement, tu t'es décidée à prendre un chien ?

Juliette reçut ces mots comme une gifle. Elle posa ses mains à plat sur la nappe qu'elle fixait, comme pour décharger un trop-plein de colère. Elle devait se dominer, ne rien laisser transparaître d'une contrariété qui attesterait de sa vulnérabilité. Elle s'était attendue à tout sauf à ce genre de réflexion.

— Non ! Un homme, tout simplement un homme, avec deux jambes, deux bras et un cœur. Un homme qui m'aime et que j'aime et avec lequel j'ai l'intention de faire ma vie.

Le silence reprit possession des lieux, à peine brisé par des « mais » traînants, entames de phrases aussitôt interrompues. La famille échangeait des regards stupéfaits. D'abord déroutée par l'absurdité de leur réaction qu'elle lisait sur leurs visages, elle ne fut pas longue à retrouver un calme qui affirmait sa force face à eux. Elle se mordit les lèvres pour ne pas laisser échapper un : « Pourquoi ? L'amour vous est uniquement réservé ? » L'agressivité n'était pas un trait de son caractère et elle n'avait pas sa place en cette soirée de paix universelle. Rosine prit enfin la parole :

— Pardonne-nous, mais tu nous avais habitués à ta solitude, presque un rejet des hommes. Comprends notre surprise… ne nous en veux pas !

La conversation s'enflamma. La curiosité chassait la gêne. Elle répondit sans s'étendre. Elle n'évoqua pas les origines de Faouzi et prétexta, avec une once de culpabilité, ne pas avoir de photo de lui.

— Vous verrez ! Vous aurez l'occasion de le connaître bientôt.

Elle était restée avec Rosine alors que les autres avaient regagné leur chambre. Elles achevaient de ranger la cuisine. La fatigue creusait leurs visages et ralentissait leurs gestes, mais les deux sœurs étaient habituées à ne pas laisser de désordre derrière elles.

— Maintenant que nous sommes seules, dis-moi au moins son prénom, insista la benjamine.

Juliette ne tergiversa pas.

— Faouzi.

— Non, je te demande son prénom. Mais madame Faouzi, ça sonne tout à fait italien.

— Faouzi Bassou. Faouzi, ça veut dire l'heureux en arabe et c'est son prénom, ponctua-t-elle sur ses gardes.

Rosine s'interrompit brusquement dans son rangement. On aurait cru qu'une décharge électrique venait de la traverser. Tétanisée, le regard inquiet, elle fixait sa sœur.

— C'est un Arabe ? parvint-elle finalement à articuler.

— Un Marocain. Pourquoi ? Il y a un problème ?

Elle s'efforçait de ne rien laisser paraître. Les yeux baissés sur son torchon, essuyant plus que de nécessaire le verre qu'elle tenait, Rosine semblait perdue dans des réflexions dérangeantes.

— Ces gens-là ne vivent pas comme nous. Ils ont des traditions différentes des nôtres. Je suppose qu'il est musulman. Tu comprends ce que je veux dire ? C'est un autre monde. Et puis, en général, tôt ou tard, ils envisagent de retourner dans leur pays, poursuivit-elle.

Calmement, Juliette expliqua à sa sœur la situation, soulignant que ceux qui s'expatriaient venaient chercher en France une modernité dont ils ne bénéficiaient pas dans leur contrée d'origine. Pour repousser les dernières craintes de sa benjamine, elle lui affirma qu'il n'avait pas l'intention de retourner vivre au Maroc.

— Il porte bien son prénom : il a la volonté d'être heureux et il souhaite partager ce bonheur avec moi. Et puis, ajouta-t-elle avec un clin d'œil malicieux, le démon de midi ne travaille pas que les hommes.

Les deux femmes se séparèrent dans un éclat de rire. Juliette savait que le lendemain, les questions pleuvraient, accompagnées de commentaires désobligeants. Elle aurait à affronter clichés et scepticisme. On était toujours plus conciliant lorsque cela se produisait chez les autres. Peu lui importait. Au lieu de la freiner, l'attitude des siens l'ancrait davantage dans sa décision. Elle se battait, devenant l'avocate d'un avenir qui n'appartenait qu'à eux. Elle était maîtresse de sa vie et de ses sentiments. On subissait la fatalité, mais on pouvait changer son destin.

Seule dans la quiétude d'une maisonnée livrée au silence de la nuit, elle repensa à la veuve qui partageait sa cabine pendant sa croisière sur le Nil. Elle entendait encore la voix apaisée de cette femme lui assurant qu'elle continuait à vivre avec son époux disparu. Une phrase de Marcel Proust lui revint en mémoire – elle en avait oublié les termes exacts – : elle disait que l'absence était pour celui qui aimait, la plus indestructible et la plus fidèle des présences.

Les fatigues de la longue journée eurent rapidement raison d'elle. Elle s'endormit comme un enfant qui s'enfonçait dans ses rêves.

Au fil des mois, leur liaison s'était affirmée. Juliette s'étonnait de la facilité avec laquelle elle avait brisé son cocon de célibataire. L'impression d'avoir toujours connu Faouzi balaya ses automatismes de femme seule. Les choses se faisaient intuitivement, et chaque réveil annonçait une journée plus belle que la précédente.

En mars, le renouveau de nature s'extirpant de la torpeur hivernale, offrait une douceur inhabituelle. Allée de la Cascade, ils préparaient le déjeuner qui réunirait les Vignal invités à faire la connaissance de ce fiancé qui attisait les curiosités. Les amoureux n'éprouvaient aucune appréhension.

En apparence, tout se passa à peu près comme ils le souhaitaient. La famille paraissait avoir assimilé, après moult commentaires et maladresses, le fait que leur aînée puisse se marier et que le futur époux soit marocain.

Des questions brûlaient les lèvres des convives. Elles arrivèrent détournées, accompagnées d'excuses pour leur ignorance et pour en atténuer l'indélicatesse. L'ambiance se voulait détendue, mais elle n'était pas naturelle et les déclarations amicales sonnaient faux. La décision de Juliette était irrévocable et même si le prétendant les laissait perplexes, les proches n'avaient d'autre choix que de l'accepter. En aparté, Rosine ne put s'abstenir de rappeler à sa sœur :

— C'est quand même un Arabe !

Et percevant ce que sa remarque pouvait avoir de blessant, elle s'empressa d'ajouter :

— J'ai confiance en toi ! Tu dois savoir ce que tu fais. Je suis sotte ! Mais fais attention malgré tout ! Ils ont la réputation d'avoir la main leste avec leur femme.

Sentiments et société : deux notions qui selon Juliette n'étaient pas forcément compatibles.

À peine étaient-ils partis qu'elle lâcha un « voilà c'est fait » libératoire, taisant l'amertume laissée par cette réunion de famille. Elle espérait que son compagnon n'ait pas ressenti leur sectarisme. Ce fut lui qui, percevant sa contrariété, aborda le sujet.

— Bah ! Après tout, ça ne s'est pas si mal déroulé pour une première fois ! Ils y arriveront bien à comprendre que l'amour ne connaît pas les frontières. Le temps fera son œuvre.

En ce premier dimanche d'avril, les cloches, qui s'étaient tues depuis le *Gloria* du jeudi-saint, revenaient en force, dans un carillonnement annonçant la fin du carême et ouvrant les festivités pascales. Faouzi avait dressé la table sur la terrasse, attendant le retour de Juliette partie suivre la messe. Il avait déposé sur son assiette une enveloppe marquée, en lettres hésitantes, de son prénom. S'il commençait à aborder la lecture d'une manière à peu près sereine, il n'en était pas de même pour l'écriture. Il s'y essayait moins régulièrement et sa main était loin d'avoir acquis la dextérité requise.

Comme à chacune de leurs retrouvailles, la tendresse suppléait aux effusions. Cette retenue la gênait moins depuis qu'elle connaissait la raison pour laquelle Baya arrachaient des pages méthodiquement. Elle savait que l'obscurité les emporterait dans une passion qui effacerait la réserve de la journée. Elle venait à peine de franchir le seuil qu'il était là, face à elle, les paupières plissées. Le regard brillant, il contenait mal un large sourire. Elle crut qu'il allait l'enlacer et son cœur se mit à battre plus fort. Il se contenta de la diriger vers sa place. Un voile de déception la frôla.

De l'enveloppe, elle tira deux billets d'avion à destination de Casablanca. Ils avaient déjà évoqué un voyage au Maroc, mais sans fixer de date.

— Ma mère est une vieille femme. J'aimerais qu'elle te connaisse.

Il l'appelait régulièrement et lui avait confié son souhait d'unir son destin à celui de Juliette. Il savait que sous l'effet de la curiosité, elle exagérerait les difficultés liées à son âge, afin de les faire venir rapidement auprès d'elle.

— Je voudrais que toi aussi tu puisses la connaître. Comme ça, lorsqu'elle aura disparu et que je te parlerai d'elle, tu pourras l'imaginer dans son univers.

Ce voyage signifiait une officialisation de leur relation. Elle réalisait mal qu'il n'était que la suite logique des liens déjà noués entre sa propre famille et Faouzi.

— Et au retour, nous pourrions arrêter une date pour le mariage, lui glissa-t-il les yeux plongés dans les siens.

L'échéance était arrivée. Elle n'avait aucune envie de la repousser, mais elle éprouvait une appréhension qu'elle ne parvenait pas à analyser. Devant la joie de son compagnon qu'elle ne voulait pas décevoir et pour se donner une contenance, elle l'interrogea sur son pays, sa famille. Il en devenait presque poète.

Il décrivit les obligations auxquelles il devrait se soumettre. Il évoqua le rituel incontournable des cinq prières quotidiennes depuis l'aube jusque pendant les heures de la nuit, dès que l'*adhan* retentissait. Il lui parla du vendredi où il devrait accompagner à la mosquée, son beau-frère, Youssef, fervent pratiquant. Même s'ils ne le reconnaissaient plus comme l'un des leurs à part entière, il devait respecter l'enseignement reçu de ses aînés. Sinon les siens prendraient son attitude pour désertion et reniement. Malicieusement, il rappela l'impossibilité pour un couple non marié de partager le même lit.

— Rassure-toi ! Il n'en est pas question qu'on s'y soumette ! s'empressa-t-il de préciser.

Il y avait longtemps qu'elle l'avait découvert le front au sol, accomplissant son devoir religieux. Dans la journée, il s'en abstenait, se contentant de quelques minutes d'un isolement discret pour tourner son esprit vers Dieu.

Il parla comme jamais il ne l'avait encore fait, évoquant les siens, ses sœurs : Aïcha, l'aînée, et son mari Youssef qui avait dirigé le restaurant où sa mère officiait. La benjamine, Yasmina, qui travaillait dans un salon de beauté. Elle vivait à Mohammedia, une ville en pleine expansion, située sur la côte au nord de Casablanca, où travaillait son époux. Il énuméra la progéniture venue agrandir le cercle de famille… Tant de prénoms que Juliette s'y perdait !

Lorsqu'il en arriva à sa mère, *Hanna*, la grand-mère, ainsi que tous désormais l'appelaient, sa voix se fit douce. Avec émotion et respect, il évoqua la force de caractère et la sagesse de cette femme qui avait élevé seule ses trois enfants. Il s'arrêtait sur des détails précieux qu'il tenait à lui faire partager : son amour pour les dentelles depuis la fois où il lui avait offert un napperon rapporté du Puy-en-Velay, ou ses talents de cuisinière.

Les bâtiments blancs de l'aéroport de Casablanca disparaissaient à l'horizon. La forêt de Bouskoura s'étalait dans la plaine. Le taxi se faufilait dans la circulation qui se densifiait au fur et à mesure qu'il se rapprochait de la ville. Les bagages étaient trop lourdement remplis de cadeaux pour envisager de regagner le centre en bus.

Juliette avait essayé de ne pas prendre à son compte tout ce que lui avait conté Faouzi. Elle voulait découvrir Casablanca de ses propres yeux et non pas à travers les siens. Elle s'efforçait d'apprendre des rudiments d'arabe. Ce qui charmait son compagnon tout en le faisant sourire. « Tout le monde parle le français, en ville », lui avait-il affirmé, sans pour autant la décourager. Elle se faisait un point d'honneur à se débrouiller pour les choses les plus usuelles. Les rôles s'inversaient, il devenait à son tour le professeur.

La voiture pénétrait ce quartier que les urbanistes français avaient érigé dans les années 1930 et confié aux Habous, afin de faire face à l'arrivée massive de populations défavorisées venant s'installer à Casablanca. Une médina moderne aux artères fleuries, ponctuées d'arcades, qui très rapidement s'était approprié les lieux avec ses souks où résonnaient les cris des marchands, l'appel des muezzins, l'effervescence d'une cité ancestrale conservant ses traditions. La famille de Faouzi y avait migré lorsque avait sonné l'heure de la retraite pour Youssef. Elle s'était établie dans une vaste maison articulée autour d'un patio, séparée de la rue et de sa circulation par un mur aveugle.

Dès la porte basse refermée, elle avait eu l'impression de pénétrer dans une oasis où régnaient sérénité et harmonie. L'alcôve d'entrée débouchait sur un jardin dont l'architecture faisait penser à un large puits étagé en balcons de bois. Des frises de zelliges, tesselles de mosaïques colorées aux entrelacs géométriques dont les motifs se répétaient à l'infini, courraient le long des murs.

Aïcha les accueillit une larme au coin de l'œil. Son mari la rabroua et toisa sans vergogne la nouvelle arrivée. Il se limita à une cordialité tout juste polie. Bien que prévenue, Juliette s'étonna de cette discordance.

Faouzi s'empressa de se tourner vers sa mère. Elle se levait lentement de son fauteuil et s'appuyait sur une canne pour avancer. Juliette s'était attendue à découvrir en *Hanna*, une vieille dame alourdie par les ans. Aussi elle fut surprise de se trouver face à une femme plutôt grande, à peine voûtée malgré une arthrose impitoyable.

Elle avait posé ses mains sur les joues de son fils, comme pour s'assurer qu'il était bien là, s'imprégner de ses traits, de son odeur, adoptant déjà des gestes d'aveugle.

— Mon petit, mon petit, répétait-elle

S'écartant de lui, elle lui demanda de faire s'approcher sa compagne.

— Ma vue me trahit, viens près de moi, ma petite !

Ce qualificatif amusa Juliette. Pour une mère, l'âge n'était pas une référence.

Vêtue à la mode européenne, l'aïeule portait une robe sombre, agrémentée d'un col de dentelle. Elle avait teint de brun orangé ses paumes, les parant du henné fourni par les feuilles séchées et broyées de l'arbre du paradis, symbole incontournable de tous les grands événements qui embellissaient la vie.

Juliette ne fut pas longue à percevoir que ce havre de paix n'était qu'une apparence. Elle s'était attendue à affronter de nombreuses questions, elles ne vinrent que d'*Hanna*. Tout s'ordonnait autour des rituels quotidiens et surtout chacun se soumettait à l'intolérance du maître des lieux dont les réflexions avaient valeur de sentence.

Le riad bourdonnait comme une ruche. Le lendemain, samedi, Yasmina et son mari venaient en visite. On s'activait à préparer une belle fête en l'honneur du frère expatrié et de sa compagne française.

Subitement, le ton monta. Une voix féminine était couverte par celle du chef de famille tranchante comme un couperet. Faouzi tentait de modérer l'altercation. Puis retentit la claque cinglante que Youssef asséna à Aïcha, la déséquilibrant sous la violence du choc. Juliette était atterrée par ce geste impensable à l'encontre d'une personne plus âgée qu'elle. Blême, Faouzi tremblait de colère, prêt à la riposte. Avoir osé frapper sa sœur aînée ! Tandis qu'il s'avançait vers l'agresseur, ce dernier le toisa avec mépris :

— Toi l'*milgré,* tais-toi ! Ici, *ti* es dans ma maison et c'est moi qui dirige. Si cette femme a besoin d'être rossée, je le fais ! *Ti* n'as pas à t'en mêler. Une épouse, ça se dresse. La tienne aussi, elle aurait eu besoin que *ti* la corriges souvent. Quand *ti* t'y es décidé, c'était trop tard. Le mal était fait. *Ti* n'as jamais su te faire respecter. Alors, ne me donne pas de leçon ! La femme, elle doit obéir à son mari. *Ti* préviens une fois, deux fois et puis *ti* es obligé de frapper pour lui faire comprendre. Toi, l'*milgré, ti* n'es qu'un faible, termina-t-il avant de reprendre ses vitupérations en arabe.

Sous l'emprise d'une colère froide, d'une voix forte qui n'admettait aucune réplique, les « tu » s'étaient transformés en « ti ». Les tonalités arabes se trouvaient accentuées et certains mots étaient déformés ou mangés. On pouvait croire qu'il s'était exprimé en français afin d'impressionner la visiteuse par sa diatribe.

Elle n'avait pas tout saisi, mais elle avait relevé ce « quand tu t'y es décidé », des mots qui martelaient ses oreilles. Elle sursauta. *Hanna* venait de poser sa main sur son épaule :

— Laissons-les, ma fille ! Allons-nous-en ! Tout ça, c'est des problèmes d'hommes.

L'inquiétude se lisait sur le visage de Juliette, stupéfaite à la vue de cette haine qui déformait les traits de Faouzi. *Hanna* lui demanda de l'aider à marcher. S'appuyant sur son bras, elle l'entraîna jusqu'à sa chambre.

— Les chiens, qui s'aboient après, se défient, mais ne se mordent pas. Je n'ai jamais aimé comment mon gendre traite ma fille. Elle ne mérite pas ça. J'étais réticente quand elle a voulu se marier avec lui. Je le connaissais mieux qu'elle. Il était le portier du riad quand nous avons ouvert le restaurant. Un peu comme un contremaître pour nous surveiller. Il a fini par tout diriger et il a toujours été dur avec le personnel, surtout avec les femmes.

Ces propos ne rassureraient pas Juliette qui ressassait ce rappel de coups qu'aurait assénés Faouzi à son épouse défunte. Elle avait reçu cette accusation comme un soufflet. Était-il, lui aussi, habité par une violence, allait-il jusqu'à frapper les femmes ? Depuis le début de leur relation, il n'avait jamais eu de geste déplacé à son égard.

— Je sais si peu de choses sur Baya, avança-t-elle en espérant susciter les confidences d'*Hanna*.

Ce qui ne manqua pas d'arriver. La vieille dame lui raconta cette union arrangée par le père de Baya et par le cousin qui les avait pris sous sa protection. Faouzi était très amoureux d'elle et elle n'avait pas eu le cœur à le dissuader d'une telle union. Ce n'était plus un tout jeune homme et il n'était toujours pas marié. Encore une fois, elle avait tu ses craintes.

— Nos familles se connaissaient depuis longtemps. Ses parents habitaient quelques rues plus loin. Elle était belle et faisait tourner la tête des garçons. Elle était bien jeunette quand elle a épousé mon fils. Une grosse différence d'âge, mais chez nous, cela ne compte pas. Puis ils sont partis s'installer en France. Là-bas, on vit autrement. Même si elle a rendu mon fils malheureux, je la plains, elle devait avoir des rêves qu'il n'a pas su réaliser. On ne peut pas garder rancune aux morts, n'empêche que mon cœur lui en a voulu pour le mal qu'elle nous a fait.

Elle évoqua les périodes de vacances qui les ramenaient au pays. Elle avait noté la dégradation de leurs relations, mais de là à imaginer qu'elle le quitterait un jour…

— Vous l'avez vu la frapper ?

— Vu, non. Mais j'ai entendu. J'étais juste à côté, dans mon salon, précisa-t-elle avec une coquetterie à peine déguisée à la mention de cette petite pièce qui venait compléter son domaine.

Elle hocha la tête, s'interrompit un instant. La suite lui était pénible. Baissant le ton, elle reprit :

— Elle lui a dit qu'elle le quittait pour un autre et qu'elle emmenait Leila. Elle lui laissait Rayan : elle ne l'avait pas désiré. Il lui avait imposé cette maternité. Lui, mon fils, il voulait garder les deux enfants. Elle l'insultait. Ça, mon cœur de mère ne pouvait pas le supporter et c'est au moment où je m'apprêtais à partir que je l'ai entendu s'en prendre à elle et se mettre à la gifler. Elle s'était mise à hurler. J'ai hésité à intervenir, je n'avais pas à le faire. Elle avait commis l'adultère. Il devait lui infliger une punition. Alors, je suis sortie.

Depuis ce jour, elle n'avait plus revu sa belle-fille. Elle interrogeait Leila lorsqu'elle venait passer un moment auprès d'elle. Les réponses restaient évasives. Au fil des années, ses visites s'étaient espacées pour cesser définitivement.

— Pourtant, je l'aimais, cette petite, même si… avoua-t-elle en interrompant sa phrase.

Juliette frémit comme à la perception d'un danger.

— Pourquoi, « même si » ? s'enquit-elle.

— Même si c'est parce qu'elle m'a oubliée qu'elle ne vient plus me voir, tarda à lâcher la vieille femme.

Cette évidence devait dissimuler une vérité différente. Juliette se fit expliquer ce terme de *l'milgré* lancé avec morgue à Faouzi par son beau-frère.

— *Milgré* c'est l'émigré, celui qui a laissé son pays. Je suis contente que mon fils te connaisse. Avec toi, il a trouvé la paix du cœur. Le jour où je disparaîtrai, il reviendra au Maroc en touriste, avec le vague à l'âme qu'apportent les souvenirs de l'enfance. Mais sa vie maintenant c'est là-bas.

Jamais, cette mère n'avait envisagé qu'il puisse être l'un de ces déracinés qui ne se reconnaissait plus dans son pays d'origine alors qu'il n'était pas non plus intégré à celui qu'il s'était choisi. Elle savait qu'il était parvenu à se fondre dans son nouvel environnement. La meilleure preuve en était ce mariage avec une Française. La vieille dame ajouta qu'elle était au courant de son histoire.

— Toi comme moi, nous avons élevé seules des enfants, nous pouvons nous comprendre.

Très émue, Juliette s'étonna de la perspicacité de cette femme qui, malgré sa vue faible, continuait avec sagesse à lire dans les âmes.

— Demain, j'aurais tous mes enfants réunis. On va organiser une grande fête. Cela arrive si rarement… Tu connaîtras ma plus jeune fille, celle qui travaille dans un *magasin* de beauté.

Son interlocutrice sourit et se garda bien de la reprendre.

— Elle fabrique beaucoup de produits et surtout le meilleur des hennés. C'est une excellente *hennayat.* On vient parfois de loin pour lui en acheter. Est-ce que tu accepterais que je te peigne les mains ?

Juliette acquiesçant, *Hanna* ajusta ses lunettes et sortit d'une armoire un coffret en bois de cèdre. L'ouvrant en façade, comme un secrétaire, elle saisit précautionneusement un flacon qui, une fois débouché, dégagea un délicat parfum de rose.

— C'est bon pour la *baraka,* pour te protéger du mauvais œil, précisa-t-elle.

Et dans, dans un éclat de rire, elle conclut malicieusement :

— C'est bon aussi pour affronter les vicissitudes du foyer conjugal.

Juliette se laissait faire sans réticence, bien au contraire. Cette dernière remarque scellait la complicité entre les deux femmes.

LE SALON S'ÉTIRAIT presque sur toute la longueur de la maison. On avait recouvert les banquettes de tissus chamarrés et de coussins. Les tables basses disparaissaient sous des nappes aux couleurs vives. La pièce était prête à accueillir les convives. La *diffa*, le repas de fête, se devait de rester dans les mémoires.

Dès son arrivée, Yasmina se débarrassa de la djellaba qu'elle enfilait lorsqu'elle se rendait dans la médina. Youssef lui jeta un regard réprobateur. Il n'aimait pas voir les femmes de sa demeure négliger le caftan traditionnel, ce vêtement qui descendait jusqu'aux chevilles et qu'il imposait à Aïcha.

Les deux sœurs avaient un vague air de famille. Elles comptaient une dizaine d'années d'écart, mais on aurait pu croire qu'une génération les séparait. L'aînée ne se départait pas de l'attitude fuyante de quelqu'un constamment sur le qui-vive.

Yasmina se montrait volubile, et laissait échapper un rire franc. Elle bougeait comme une citadine et non pas comme une fatma de la médina, dont la liberté ne dépendait que du bon vouloir d'un époux autoritaire.

La conversation ripa sur la vie en France. Pour Youssef, cette expatriation s'apparentait à une désertion. Yasmina et son mari, modérés, admettaient que Faouzi avait trouvé là-bas des opportunités que le Maroc ne lui aurait pas offertes.

La soirée se prolongea autour d'une profusion de mets. Juliette s'efforçait de respecter les rituels locaux et s'essayait à utiliser trois doigts de sa main droite pour piocher dans les plats. Elle observait *Hanna* dont le visage rayonnait de bonheur malgré la fatigue qui tirait ses traits. Elle repensa à sa mère si fragile, si dépendante, mais aussi si aimante. Il n'était pas de meilleur miroir que le regard d'une mère.

Le calme était revenu et le va-et-vient quotidien avait de nouveau envahi les lieux. Chez Juliette, le trouble s'était insinué, perturbant. Elle réprouvait viscéralement la violence et avait besoin de comprendre ce qui avait poussé Faouzi à ce geste excessif. Elle redoutait qu'il ne prenne ses questions pour un manque de confiance. Le regard d'*Hanna* restait celui d'une mère envers son fils aimé, qui ne voyait en lui qu'une victime. Ces deux simples mots, « même si », restés sans suite sonnaient faux. Elle devait l'amener à parler.

Ils avaient pris le bus pour se rendre en bordure de mer et flâner le long de cette croisette maghrébine qui longeait les plages blondes entre deux avancées de rochers noirs. Le soleil rayonnait. Une légère brise venant du large atténuait la chaleur.

Lorsqu'ils s'installèrent à la terrasse d'un café, en surplomb de l'océan, il était déjà près de quatre heures. Le muezzin venait d'annoncer le *salât*. Les enfants jouaient sur le sable ou s'éclaboussaient tandis que jeunes gens et adultes se prélassaient, discutaient, refaisaient le monde. Quelques heures hors du temps, loin de la famille, seuls dans un univers bruissant et chaud. Le soleil baissait dans le ciel. Bientôt, il disparaîtrait derrière l'horizon, se noyant dans la frontière bleue de l'océan. Ils devaient rentrer pour la prière du soir. Elle ne l'avait pas interrogé.

Après le *salam*, il l'avait rejointe sur le toit en terrasse. La paix et le bonheur se lisaient sur son visage. Par contre, Juliette affichait un sourire crispé. Une minuscule ride prolongeait la commissure des lèvres. Il l'avait remarquée.

— Pas trop fatiguée de cette soirée d'hier ? Mes sœurs sont très différentes. Leurs maris en sont la cause. J'ai de la peine pour Aïcha, mais je ne peux pas m'immiscer dans son couple. C'est à elle de réagir.

Elle inspecta les alentours. Ils étaient seuls. *Hanna* s'était retirée dans sa chambre, au rez-de-chaussée et ne pourrait donc rien entendre de leur conversation.

— J'ai besoin de savoir : frappais-tu Baya ?

Il s'attendait à ce qu'elle lui pose la question. Il aurait voulu être le premier à aborder le sujet, mais les souvenirs douloureux mêlés à la peur de se montrer sous un jour défavorable lui vrillaient l'estomac, le bloquant dans ses initiatives. Il pâlit et baissa la tête :

— Oui, lâcha-t-il distinctement.

Elle reçut cette réponse comme un coup.

— Souvent ?

— Non, une seule fois… Je te promets.

— Raconte !

Le ton était impératif. Il passa la main sur son front comme pour effacer une trace invisible. Les mâchoires serrées, il lui répéta, presque à voix basse, ce qu'elle avait déjà entendu de sa mère : le mariage arrangé, la toute jeune fille dont il était tombé amoureux dès le premier regard.

— Je savais qu'elle n'éprouvait pas la même attirance pour moi. Mais on est égoïste, ou tout simplement aveugle, quand on aime. On est sûr que ses propres sentiments sont si forts qu'ils finiront par rendre l'autre heureux, qu'ils seront contagieux... Après la naissance de Leila, j'ai cru qu'elle s'attachait à moi. J'ai déchanté après celle de Rayan. Elle avait beaucoup souffert pour le mettre au monde et ne voulait plus d'enfant. Moi, j'aurais aimé avoir une famille nombreuse. Elle se refusait à moi. La plupart du temps, j'obtempérais. Quand mon désir se faisait trop fort en moi, elle cédait et subissait. J'avais l'impression d'avoir une morte sous moi. Elle n'est plus tombée jamais enceinte.

Il s'interrompit. Trop d'images revenaient, des scènes difficiles à évoquer. Il se revoyait au début de leur mariage, essayant de guider sa main pour lui apprendre des caresses qui décupleraient leur plaisir. Avec le recul, il avait compris qu'elle acceptait leur relation comme une rétribution à l'argent qu'il lui donnait pour l'entretien de la maison, un peu comme une fille de joie que l'on payait. Quand elle consentait à poser sa main sur son sexe se raidissant, comme il lui avait montré, elle le faisait comme un automate alors que ce geste provoquait en lui un désir si violent que la douleur venait se nicher au creux de ses reins. Longtemps, il avait cru en un excès de pudeur, à une certaine frigidité. Il avait amèrement déchanté. Tout ce qu'elle lui avait refusé, elle l'avait offert à celui pour lequel elle avait abandonné son foyer. Par la suite, il s'était demandé si, pendant leurs rares ébats, c'était à lui ou à l'autre qu'elle pensait.

Après un long soupir, il reprenait sur le même ton monocorde, comme s'il racontait l'histoire d'un autre.

— Elle s'occupait bien des petits. Chaque année, nous revenions à Casablanca. Il est arrivé que je ne puisse pas les accompagner à cause d'un chantier en cours. Je les emmenais au bateau et sa famille les récupérait à leur débarquement. C'était le cas le dernier été. Quand j'ai appris qu'elle voulait divorcer, j'ai aussitôt pris l'avion. J'ai essayé de la dissuader, je lui ai promis des tas de choses. Elle s'est obstinée. Elle avait retrouvé l'amour de sa vie, veuf depuis peu, donc libre.

Sa voix se brisa. Il enfouit son visage dans ses mains. Un étau enserrait la poitrine de Juliette. Il avait dû porter à cette femme des sentiments très profonds pour qu'il lui soit aussi pénible de l'évoquer. Il avait beaucoup de mal à aller jusqu'au bout de l'histoire.

— Elle m'a craché à la figure tout le dégoût qu'elle éprouvait pour moi. Une répulsion si forte qu'elle s'était fait stériliser en cachette en me laissant croire qu'elle avait été opérée de l'appendicite. Cela ne lui avait pas été difficile, elle avait signé pour moi. Tout arrangé, tout manipulé. Et ce qui la désolait maintenant, c'était de ne plus pouvoir donner un enfant à cet homme qu'elle allait rejoindre alors qu'à moi elle l'avait refusé… J'ai perdu tout contrôle et je l'ai giflée. Elle hurlait des insultes. Ma fureur dominait. Je ne sais pas ce qui m'a pris. Plus elle criait, plus ma rage se trouvait exacerbée. Je l'ai jetée sur le lit. Elle se débattait. J'essayais de l'immobiliser. Mes doigts se sont refermés sur sa gorge. Je ne cherchais pas à l'étrangler, mais seulement à la paralyser. Et lorsque j'y suis parvenu, tandis qu'elle suffoquait, je l'ai violée. Il fallait que je lui fasse mal, que je lui rende un peu de la souffrance qu'elle m'imposait... Quoi qu'elle m'ait fait, je n'aurais jamais dû la brutaliser. Ce n'est pas digne d'un homme d'user ainsi de sa force. Mais je n'étais que colère et vengeance. Depuis, je porte cette honte au fond de moi, termina-t-il dans un souffle rauque.

Le silence s'installa. On aurait cru que cette journée radieuse de fin avril avait perdu de sa luminosité. Les mots n'avaient plus leur place. Elle s'approcha de lui. S'accroupissant près de son fauteuil, elle passa son bras sur ses épaules. Il pleurait sans bruit, sans chercher à contenir ses larmes.

— Pour la seule fois de ma vie, je n'ai pas su me contrôler. Après, je me suis enfui de la maison, habité par la haine, le désespoir, l'humiliation. À mon retour, très tard dans la soirée, elle avait disparu avec Leila.

Un hoquet l'interrompit. D'un revers de main, il essuya ses joues mouillées.

— Je n'ai jamais frappé mes enfants. Rayan pourra te le confirmer,

Elle n'avait pas besoin de témoignage. La vérité venait enfin de sortir, la libérant du poids du doute. Ce fut lorsqu'il voulut quitter son siège qu'il ressentit cette douleur qui lui coupait le souffle et rayonnait jusque dans sa mâchoire. De grosses gouttes de sueur coulaient de son front et ruisselaient le long de son cou. Il laissa échapper un long gémissement et retomba lourdement.

Le docteur, arrivé très rapidement, lui apporta les premiers soins indispensables et fit appeler une ambulance. Les badauds, attirés par la sirène, regardaient les brancardiers hisser le malade dans le véhicule.

Juliette revivait ces moments d'anxiété à l'hôpital. Une alerte cardiaque, imprévisible, maîtrisée rapidement. Les examens avaient montré que le danger était écarté. Dorénavant, des contrôles réguliers s'imposaient ainsi qu'une prescription médicamenteuse.

Maintenant qu'ils s'étaient trouvés, le destin ne pouvait pas lui enlever celui qui partageait avec elle cette dernière tranche d'existence. Elle se croyait à l'abri de ce genre d'angoisse pour de longues années de partage. Tout explosait. Elle avait l'impression de perdre le contrôle de sa vie, de leur vie.

Elle avait écouté attentivement les explications du spécialiste, sollicitant de lui des précisions supplémentaires, n'hésitant pas à le faire répéter dans ses consignes. Bien sûr qu'elle veillerait tout particulièrement à ce qu'il suive un traitement ! Qu'est-ce qu'un petit comprimé contre des années offertes ?

On ne l'avait gardé qu'une nuit et une journée en observation à l'hôpital. « Je suis contente que tu sois à ses côtés », lui répétait *Hanna*. La convalescence leur avait imposé de prolonger leur séjour. Ses forces lui revinrent rapidement. Il en profita pour lui faire découvrir sa ville.

Redoutant l'hostilité de son beau-frère, ils avaient envisagé de s'installer à l'hôtel. À l'évocation de ce projet, Youssef rappela au malade que celui qui préservait la famille recevait la miséricorde de Dieu, alors que celui qui rejetait les siens s'en trouvait privé. Pour tout bon Marocain, l'hospitalité n'avait jamais été un vain mot et héberger un proche, même pour une période longue, était tout naturel.

Pour Juliette, le charme marocain s'était dissipé. Malgré son apparente tranquillité, le riad avait pris des airs de harem sur lequel régnait en tyran Youssef. Elle avait du mal à accepter ce sectarisme des hommes envers les femmes. Jusqu'aux repas qui les séparaient. Il n'était pas question de provoquer des foudres qui n'auraient fait qu'envenimer les choses alors que Faouzi avait besoin de calme.

Elle temporisa, se plia aux règles et se rapprocha encore davantage d'*Hanna*,

La veille de leur départ, la vieille dame se saisit de la main de Juliette et y déposa une petite bourse de cuir souple. Surprise, celle-ci en sortit délicatement une main de fatma en argent.

— C'est pour toi. La *khamsa*, elle t'assurera la protection divine. Comme ça, tu penseras un peu à moi quand tu seras de retour chez toi.

Émue, elle hésita une seconde. Après avoir balbutié quelques mots de remerciements, elle fit tourner la chaîne qu'elle portait autour de son cou et au bout de laquelle pendait la croix de sa communion solennelle. Elle ouvrit le fermoir et y glissa l'anneau de la *khamsa*, cette main tutélaire dont les cinq doigts évoquaient ce chiffre important du rituel islamique. Un geste lourd de signification, unificateur, qui alla droit au cœur d'*Hanna*.

Assise à son bureau dans l'appartement de l'avenue Viton à Marseille, Leila était songeuse. Ses yeux fixaient, sans le voir, le mot de « fin » qui concluait son travail de plusieurs mois. La satisfaction d'en avoir terminé avec cette histoire, ou plus exactement cet aveu, se mêlait à la frustration de s'éloigner des personnages dont elle venait de partager l'existence une fois de plus.

Ce livre n'avait rien à voir avec son expérience professionnelle. Elle s'y dévoilait, mettait à nu son âme, ses rancœurs, ses peurs et ses espoirs. Jusqu'au prénom de son héroïne qui était le sien. Seul le patronyme était différent.

Elle signait là une autobiographie au travers de laquelle elle avait fait sa propre analyse. Un comble pour cette femme qui aidait les autres dans leur cheminement vers la compréhension et la résolution de leurs problèmes !

Au sortir du lycée, elle avait décidé de se consacrer à la pédopsychiatrie. Son carnet de rendez-vous, largement rempli, attestait de ses qualités professionnelles. La seule patiente avec laquelle elle avait échoué, c'était elle-même. Elle espérait qu'avec ses lignes de confession, elle s'obligerait à remonter jusqu'à cette fracture indélébile qui orientait ses choix ; la séparation de ses parents et la disparition brutale de sa mère.

Elle avait épousé Simon Aubaniel, un cardiologue reconnu par ses pairs. Une union par amour que sa crainte instinctive de l'engagement avait incité à repousser le plus possible. Elle savait qu'il aurait aimé avoir un enfant d'elle et qu'elle le décevait en se dérobant. Mais elle n'était pas prête à affronter cette étape.

Elle l'avait rencontré à Rabat à l'occasion d'un séminaire à l'hôpital Ibn Sina. Plus âgé qu'elle d'une quinzaine d'années, il avait ce recul d'un homme mûr. Un être intelligent, à l'écoute des autres dont il émanait un sérieux et un calme rassurants.

À cette époque, il exerçait aux Hospices civils de Lyon. Elle l'y avait suivi. Elle appréciait cette « capitale de la province » ainsi que l'avait définie le critique Albert Thibaudet. La rigueur des hivers continentaux, son intégration professionnelle problématique s'avérèrent, au fil des mois, un écueil rédhibitoire à son adaptation.

Sur la liste des propositions offertes par les centres hospitaliers de France, deux postes répondaient aux aspirations de son mari : Lille et Marseille. Elle aurait souhaité Marseille, mais ce fut le CHRU de Lille, où se pratiquaient déjà depuis 1978, des greffes cardiaques.

Malgré le climat, elle se prit à aimer cette ville du Nord, à la croisée des grands itinéraires européens. Elle avait intégré l'équipe du professeur Goudemand, un neuropsychiatre qui se consacrait aux pathologies mentales principalement dépressives avec pour finalité la réinsertion sociale des malades.

Elle connut des années de répit durant lesquelles, malgré les doutes qui continuaient à l'habiter, son ressentiment perdait de son acuité. Un amour partagé, un travail requérant un important investissement personnel, un groupe d'amis, autant de points stabilisateurs qui la conduisaient vers l'acceptation de son passé.

Un soir d'automne, son mari était rentré en proie à une excitation qui confinait à la nervosité. On venait de le solliciter pour qu'il se joigne à l'équipe de chirurgie cardiothoracique de l'hôpital de la Timone à Marseille. Elle quitta Lille, un pincement au cœur pour tous ceux qu'elle laissait derrière elle.

À Marseille, le couple habitait avenue Viton, un quartier résidentiel, aux rues larges. Un bel appartement qui présentait l'avantage de se trouver à quelques minutes à pied où Simon exerçait et du parc Borely, immense espace de verdure, à deux pas de la plage du Prado.

Les premiers temps, elle se laissa emporter par l'euphorie de la nouveauté. Elle avait l'impression de matérialiser cet ancien fantasme qui s'emparait d'elle lorsqu'elle se retrouvait boulevard Ziraoui, sur la route de son lycée, à l'époque de leur installation à Casablanca. Elle postula avec succès dans le service de pédopsychiatrie à l'hôpital Salvador, boulevard Sainte-Marguerite. L'avenir s'annonçait serein.

Ses vieux démons étaient tenaces. Ils la rattrapèrent et ne la lâchèrent plus. Elle se réappropriait des paysages familiers, des intonations, des senteurs, des couleurs, toute cette expansivité méridionale dans laquelle, autrefois, elle avait évolué. Toute une tranche de vie qu'elle pensait enfouie en elle et qui revenait la bousculer presque jusqu'à l'agressivité.

Une question la taraudait : ce père absent habitait-il toujours leur maison de Saint-Zacharie ? Un jour, au secrétariat de l'hôpital, elle se surprit à ouvrir l'annuaire téléphonique du Var. Au fur et à mesure qu'elle avançait dans sa recherche, ses mains la brûlaient de plus en plus douloureusement. Elle ne parvenait plus à toucher le papier fin ni à tourner les pages d'un jaune délavé, de cette couleur pâle et négative que la psychiatrie associait au mensonge, aux traîtres. D'un geste brusque, elle referma le bottin sans aller au bout de sa démarche et s'échappa du bureau telle une voleuse prenant la fuite.

Égarée dans ses pensées, elle n'entendit pas la porte s'ouvrir. Simon rentrait, fatigué d'une opération délicate qui avait duré plus longtemps que prévu. Elle sursauta quand il déposa son trousseau de clefs sur le guéridon de l'entrée. Elle réalisa qu'elle avait laissé filer les heures et n'avait rien préparé pour le dîner. Une pointe de culpabilité la traversa tandis qu'il s'approchait d'elle pour l'embrasser.

— Alors, tu le termines quand ?

— C'est fait !

— Et tu vas l'intituler ?

— *Dattes amères*, lui répondit-elle, un semblant d'hésitation dans la voix.

Lorsque le projet avait commencé à mûrir dans sa tête, elle avait arrêté *L'Abandon d'un père*. Le titre étant déjà pris, elle dut trouver autre chose. L'inspiration la fuyait jusqu'à ce que son regard se pose sur un plat où reposaient des branches de dattes fraîches. Or brun du désert, l'un des cinq fruits symboliques de la Bible sauvés par Noé, nourriture autrefois salvatrice, devenue festive, elles incarnaient la prospérité et, ironie du sort, la fertilité que sa mère avait détruite en elle. Une impossibilité d'enfanter qu'elle avait avouée à sa fille dans un moment de profonde détresse et de déraison : noyau stérile rejeté sans considération. « Un peu comme l'a fait mon père : il a profité de la jeunesse de ma mère puis il s'en est détourné par lassitude, par attrait de la nouveauté, ou parce qu'elle ne pouvait plus donner d'enfants »... ruminait-elle. Elle était certaine que la rupture venait de lui. Mais pourquoi ne pas l'avoir gardée, elle sa fille, auprès de lui, même s'il ne voulait plus de sa femme ? Ses hypothèses, toujours sans réponse, nourrissaient son ressentiment.

Elle espérait que l'écriture et la parution de son livre la libéreraient de toutes ses inhibitions. Elle était lasse de souffrir de ces plaies invisibles, fatiguée de cette histoire où elle n'avait été qu'un pion. Elle éprouvait un besoin de vengeance. Il fallait que l'ouvrage obtienne suffisamment de succès pour qu'il arrivât jusqu'aux mains de son père et de son entourage.

Dans son cœur, tout se bousculait. Elle se reprochait de ne pas avoir gardé le contact avec son jeune frère Rayan. D'abord confrontée au bouleversement imposé, puis enfoncée dans ses études, elle n'avait pas vu passer les années. « Il faudra que je le fasse » s'effaçait devant les contraintes quotidiennes d'un cursus universitaire.

Elle n'avait entretenu de lien familial qu'avec Sofiane, ce cousin qui les avait recueillies alors que Faouzi et Rayan avaient regagné Saint-Zacharie, les abandonnant à Casablanca, elle et sa mère. Sofiane leur avait servi de guide. Il les avait installées dans une maison de la médina, tenue par l'un de ses parents. L'idée du clan prédominait. On n'abandonnait jamais un membre de la famille et encore moins lorsqu'il s'agissait d'une mère. Il avait veillé et contribué aux études de Leila, un peu comme un père l'aurait fait avec sa propre fille. « *Ami* Sofiane, mon oncle Sofiane », l'appelait-elle. Il avait l'art de séduire, les plus jeunes comme les plus âgés et elle voyait comme une bénédiction qu'il se soit intéressé à elles dans leur détresse.

Ils étaient restés en contact. Sofiane avait largement développé le réseau de distribution que son père avait initié à Marseille et brassait des affaires sur tout le territoire français. La cité phocéenne présentait une base excellente pour ses activités. Il y avait acquis un appartement et ouvert un bureau. Après l'installation de Leila à Marseille, il se passa peu de semaines avant qu'ils ne se retrouvent devant un thé à la menthe, à évoquer leur vie respective.

Elle ne parvenait pas à édulcorer ses souvenirs. Elle se revoyait, dissimulée au cœur de cette ancienne médina corsetée d'épais remparts.

Habituée à l'immensité lavande d'un ciel provençal, l'exigu patio ne lui offrait qu'un rectangle bleu découpé entre de hauts murs. Combien de fois, au début de leur installation, avait-elle redouté de s'égarer dans cet enchevêtrement d'étroites ruelles qui se transformaient en coupe-gorge, dès la tombée de la nuit, alors que les commerçants avaient baissé les grilles de leurs étals !

En considération de sa naissance en Provence et d'un bon cursus scolaire, croyait-elle, elle avait pu intégrer la classe de première au lycée Lyautey, du nom du premier résident général sous le protectorat français au Maroc. Elle ignorait que la recommandation d'un ami influent de Sofiane avait favorisé son inscription.

Les bâtiments scolaires, implantés le long du boulevard Ziraoui, voisinaient avec les élégants immeubles bourgeois aux façades blanches, ouvertes de larges baies. Elle rêvait de franchir les seuils de ces appartements cossus et s'attardait dans ce quartier qui respirait l'aisance, avant de regagner leur domicile à travers le labyrinthe aux bâtisses en pisé, qui avançait jusqu'au port.

Au début, Baya parut s'accommoder de ce mode de vie. Apparemment heureuse, elle se pliait à l'organisation patriarcale, au grand étonnement de l'adolescente. Au bout de quelques mois, son attitude changea. Elle se laissait submerger par la tristesse, puis par le désespoir. Lorsque Leila sollicitait les confidences, sa mère se contentait de ressasser que la faute en revenait à son père.

Baya ne sortait plus. Elle passait ses journées à errer sans but dans la maison, lorsqu'elle ne sombrait pas, des heures durant, dans le mutisme, enfermée dans sa chambre. À force de sangloter, ses larmes finirent par se tarir. Comme elle s'alimentait très peu, ses forces déclinèrent, son teint se ternit et de profonds cernes se creusèrent sous ses yeux égarés dans le vide. Les conseils, la sollicitude, les ordres, les cris, rien n'y fit. Après un séjour à l'hôpital, on la gava de médicaments. Quelque chose en elle semblait irrémédiablement brisé. Comme un leitmotiv, revenait cette phrase : « ton père nous a abandonnées, toi et moi. Il n'a pas voulu de nous alors que je l'ai toujours aimé », attisant la rancœur de Leila.

Leila venait de réussir son baccalauréat et préparait son dossier d'admission au concours d'entrée en faculté de médecine quand éclata le drame. Au petit matin, alors que la vie reprenait ses droits dans les ruelles, avait retenti un hurlement. Strident et prolongé. Un attroupement s'était formé. Baya gisait sur le sol, enroulée dans une couverture, tombée du toit en terrasse, tandis que la maisonnée dormait. Dans sa chambre, à côté de sa couche, on trouva une bouteille de mahia vide au milieu de boîtes de médicament vides elles aussi. La police conclut au suicide, une faute qui jetait l'opprobre sur la famille qui n'avait pas su détourner l'une des leurs de ce *kabira*, ce grave péché de désobéissance envers Allah qui seul prédéfinissait la date fatale.

La jeune fille abordait sa vie d'adulte avec l'ombre éprouvante de cette femme si malheureuse qu'elle l'avait à son tour abandonnée. Elle ne parvenait pas à chasser ses remords pour ne pas avoir compris la souffrance qui avait poussé sa mère à se détruire. Une grande colère, doublée d'un sentiment d'injustice et de culpabilité, entretenaient une douleur intérieure qui l'isolait des autres. Elle évoluait dans un brouillard gluant qui la plongeait dans un sommeil lourd comme si son corps voulait compenser le choc psychologique en se mettant en veille.

Après la disparition violente de sa mère, bien que la faculté de médecine soit toute proche, la jeune femme décida de quitter la médina. Elle disposait d'un livret d'épargne ouvert autrefois à Saint-Zacharie. Elle découvrit que des versements venant de France tombaient régulièrement. L'idée de percevoir de l'argent de celui qu'elle estimait responsable de la mort de Baya, lui répugnait. Le bon sens de sa grand-mère la persuada de ne pas rejeter cette manne. L'obtention d'une bourse et un emprunt auprès d'*Ami* Sofiane, lui assurèrent l'autonomie.

Six ans plus tard, elle avait intégré l'hôpital Ibn Sina à Rabat, et se tournait vers la psychiatrie. Le besoin de comprendre guidait ses choix. Absorbée par ses études, elle ne revenait plus à Casablanca et le fil se rompit avec sa grand-mère. Ce fut au cours de ces années que sa route croisa celle de Simon Aubaniel.

La souffrance s'estompait, mais ni les cicatrices profondes ni la rancœur qu'elle nourrissait à l'encontre de ce père qui avait failli à tous ses devoirs ne s'effaçaient. La mort : une simple syllabe, juste quelques lettres, dont le sens devenait sentence et qui était tellement atroce que, malgré les années passées, elle en comprenait encore mal la signification.

Lorsqu'elle avait commencé la rédaction de son livre, Leila avait soumis un synopsis à un éditeur parisien de renom. Celui-ci s'était montré intéressé et lui avait fait signer aussitôt un contrat. L'échéance venait d'arriver et le mot « fin » concluait son travail d'écriture.

Boulevard Viton, à Marseille, la vie avait repris un cours normal. Ses peurs s'atténuaient. Une nouvelle forme d'anxiété l'habitait à présent, lancinante, mais moins douloureuse : impatience et frustration, celle de ne pas connaître la réaction de son père, qu'elle avait détesté autant qu'elle l'avait aimé, lorsqu'il lirait ce livre. Elle savait que peu de kilomètres les séparaient, mais paradoxalement, ils s'érigeaient en une frontière qu'elle ne parvenait pas à franchir.

LE PRINTEMPS S'INSTALLAIT, colorant la végétation ragaillardie par les pluies d'avril. Haut dans le ciel, les hirondelles avaient repris leur ballet. Une ambiance d'une musicalité naturelle initiait la belle saison. Mois du renouveau, mai attirait déjà de nombreux touristes. Ce fut cette époque que Rayan et Sylvie, sa fiancée, retinrent pour se rendre à Saint-Zacharie.

Lorsque Faouzi avait annoncé à Juliette cette visite et souligné, d'un œil malicieux, le lien de parenté qui les unirait d'ici peu, elle en avait été presque mal à l'aise. Malgré son attachement pour son compagnon, elle continuait à éprouver une certaine réticence. Pour rien au monde, elle n'aurait voulu le perdre, mais elle encombrait ses sentiments de problèmes matérialistes auxquels elle attribuait inconsciemment une valeur injustifiée.

Son principal souci résidait dans ce va-et-vient constant entre leurs domiciles qui s'assimilait plus à un simulacre d'une vie commune qu'à un véritable partage. La plupart de leurs soirées se passaient chez lui où elle avait apporté quelques affaires personnelles. Mais elle se sentait étrangère, se glissant un peu en voyeuse dans des lieux où une autre avait construit une famille. Même si Baya les avait désertés, ils restaient marqués de son empreinte. Sans compter qu'elle-même possédait un domicile où elle avait toujours vécu et qui renfermait son passé.

Elle avait essayé d'évoquer le problème, mais elle redoutait un commentaire décevant. Elle se savait vulnérable. Sous la courtoisie et la gentillesse de son amant, elle décelait chez lui un tempérament directif. Un jour, alors qu'il réglait au téléphone un différend, elle avait été impressionnée par la dureté soudaine de son regard, le ton affermi de sa voix froide et intransigeante.

Sa mère appartenait à ces générations de femmes inféodées d'abord à l'autorité patriarcale puis à celle de leur mari. À la mort de son conjoint, elle s'était retrouvée tout autant orpheline que ses propres enfants. Juliette avait grandi dans ce contexte de soumission. Sa relation aux hommes restait empreinte d'une déférence qu'un soupçon de timidité compliquait parfois.

Une sorte de fièvre s'empara de Faouzi. Il tenait à donner un coup de jeune à sa maison. Il fallait y insuffler de la gaieté et balayer ce froid ordonnancement moderne qui voisinait avec des souvenirs dépassés. Il estima que sa compagne serait plus qualifiée que lui pour prendre en main le changement. Son excitation finit par la gagner. Au début, elle n'avait pas osé intervenir, se montrant réservée sur les modifications qu'il lui soumettait.

— Tous ces coussins, ils sont devenus vieillots et ces canapés, ils ne servent à rien, affirma-t-il en jetant un œil circonspect sur le salon.

— C'est ton passé, tes origines, argua à son tour Juliette qui en réalité ne demandait qu'à les voir disparaître.

— Ils font trop arabes et de toute manière personne ne s'y assied. Mes invités, je les installe près du téléviseur. On y est nettement mieux.

Elle n'avait pas perçu le sens réel de cette frénésie de changement. À chaque fois qu'il avançait une idée, il quémandait son avis. Elle sentait peser sur elle son regard à la fois observateur et tendrement ironique. Elle finit par se prendre au jeu.

Tandis qu'ils continuaient à naviguer entre leurs deux domiciles, un jour qu'ils se trouvaient au *pié de Castre*, il s'arrêta devant le *camisadou* qui trônait dans la salle à manger. Un buffet à gradins, savamment mouluré, chargé de l'histoire de plusieurs générations. Il connaissait son attachement pour ce meuble familial qui lui rappelait ses parents, son enfance, lorsqu'au moment des fêtes sa mère ouvrait les vantaux pour en sortir le service du dimanche. Le temps était venu de franchir une nouvelle étape. La saisissant par les épaules, il l'invita à s'asseoir.

— Tu ne crois pas qu'il faudrait qu'on envisage sérieusement de faire territoire commun ?

Il s'exprimait calmement pour mieux la persuader de la réalité inéluctable de leur couple. Sa maison de l'allée de la Cascade, plus grande, présentait l'avantage d'un jardin arboré. Elle s'avérerait plus pratique pour y recevoir la famille. Cela ne voulait pas dire pour autant qu'elle devrait abandonner le cadre dans lequel elle avait évolué jusque-là. Pourquoi ne pas envisager de transporter chez lui le mobilier auquel elle tenait particulièrement ?

Elle se garda d'avouer que c'était ce qu'elle souhaitait. Elle était heureuse que la proposition vienne de lui. Une question lui traversa l'esprit : qu'adviendrait-il si leur relation échouait ? À peine l'eut-elle formulée qu'elle la chassa aussitôt. « Grosse bête, à ton âge et au sien… » d'autant plus qu'elle avait gommé les années passées sans lui.

Il n'imaginait pas avoir entassé autant de choses et le chantier les laissait épuisés en fin de journée. L'excitation de la nouveauté leur faisait oublier les courbatures. Il s'amusait de ce qu'il redécouvrait relatant maintes anecdotes. Au fond d'un tiroir du buffet, il tomba sur un porte-documents poli par les ans. Une légère odeur de sumac s'en dégageait.

— Je l'avais oublié, celui-là ! s'exclama-t-il amusé : c'est là-dedans que Baya conservait les pages qu'elle arrachait de ses romans.

Il ne l'avait jamais jeté, cultivant le secret espoir de les réintégrer dans les livres mutilés le jour où il saurait lire. Il n'évoqua pas sa frustration et sa douleur lorsqu'il les avait découverts. De ces feuillets assouplis par de nombreuses manipulations s'enracinaient les rêves d'amour dont sa femme l'avait toujours exclu, et qui l'avaient entraînée vers d'autres bras que les siens. Là, face à Juliette, ils ne fleuraient que l'odeur du labeur de l'homme, de celui qui avait travaillé la pâte pour en faire du papier, de l'imprimeur et de son encre, et de l'imaginaire de l'auteur, toute cette chaîne vivante qu'il lui était impossible de détruire.

Leur premier réflexe fut de lire quelques passages. Les textes étaient anodins, bâtis davantage sur des sous-entendus que sur des descriptions précises.

— Nous n'appartenons pas au monde des chimères. Cette histoire n'est pas la nôtre, déclara Faouzi avant de refermer le maroquin de cuir.

D'un commun accord, ils l'enfournèrent dans l'un des multiples cartons qui iraient s'entasser au *pié de Castre.*

Les fiancés arrivèrent dans une maison différente de celle dans laquelle avait autrefois vécu Rayan. La petite bibliothèque avait laissé la place à un large meuble aux nombreuses étagères. La collection Harlequin avait disparu et les livres à la couverture blanche avaient été remplacés par des ouvrages dont aucune page n'avait été arrachée. Aux anciennes photos, avait été ajouté un portrait récent d'*Hanna*, pris lors de leur voyage à Casablanca, ainsi qu'un cliché pris par un promeneur obligeant, où ils se pressaient tous les deux l'un contre l'autre, avec en arrière-plan les escarpements boisés du Cap Canaille surplombant le port de Cassis. Chaque pièce de la maison était à présent marquée de l'empreinte de ces deux existences qui se projetaient dans le futur.

Il lui avait tellement parlé de son fils qu'avant même son arrivée, elle avait l'impression de le connaître. Il réunissait le charme discret de son père, son regard malicieux et scrutateur, et la beauté de sa mère. D'abord envahie d'une crainte puérile, elle se mit rapidement au diapason. Elle s'étonnait de la facilité à se retrouver intégrée au milieu de gens dont elle ignorait l'existence encore peu de mois auparavant. Dans son cœur se levait l'image dorée d'un bonheur au quotidien et d'une famille qui était désormais la sienne.

Elle s'esquivait, laissant Rayan et son père discuter en présence de la future épousée. Tenaillée par la curiosité, elle tendait l'oreille pour suivre leur conversation. Parfois, Sylvie venait la rejoindre préservant l'intimité des deux hommes.

— Je désespérais de te voir un jour marié !

Rayan hésita un instant, puis se lança. Le temps était arrivé où la parole laverait enfin ce que l'un comme l'autre avait dissimulé depuis tant d'années.

— Tu peux comprendre ma réticence, après le rejet de ma propre mère lorsqu'elle a décidé de se séparer de toi. Elle ne voulait plus de toi et m'a repoussé de sa vie, tout simplement parce que j'étais ton fils et que je n'étais pas un enfant de l'amour.

Devant l'expression atterrée de son père, le jeune homme poursuivit :

— Je sais, tu m'as toujours dit que ma mère était malade, dépressive. Mais je me trouvais dans la pièce à côté, avec *Hanna*, le jour de la rupture. Toute la scène est restée gravée en moi. Il y a des événements qui marquent de manière indélébile.

— Tu as tout entendu ? bégaya Faouzi rougissant de la honte que lui procurait toujours son geste lorsqu'il avait forcé Baya.

— Oui, enfin presque tout. En tout cas, l'essentiel. Tu comprends maintenant pourquoi l'image de la femme, épouse et mère, m'effrayait ? *Hanna* essayait bien de m'entraîner ailleurs, mais je tenais à écouter, voir jusqu'où pouvait aller cette femme qui m'avait mis au monde et pourquoi elle voulait garder ma sœur et pas moi. Ce jour-là, je l'ai perdue même si elle n'est morte que plus tard.

— Pourquoi ne m'en as-tu jamais parlé ? Je me suis toujours tu pour que tu puisses conserver de ta mère une image intacte.

— Je le sais. J'avais peur de l'engagement, de subir un jour une rupture ou de la provoquer moi-même. Je voulais être sûr de moi et de la femme que je choisirais.

Il saisit les mains de son père, secoué par un léger tremblement. Sa poitrine oppressée par une respiration saccadée et brûlante témoignait du choc de la révélation.

— Cela ne sert à rien de rester attaché à celui qui ne s'accroche pas à toi. Tu te souviens ce que nous répétait *Hanna* ? Que lorsque la parole sort du cœur, elle pénètre le cœur, mais lorsqu'elle sort de la langue déversant sa colère, elle ne dépasse pas les oreilles !

Lisant l'émotion dans les yeux de son père, Rayan changea de sujet.

— Et puis, j'en ai bien profité de mon célibat !... Et vous ? Quand est-ce que vous allez passer devant le maire ?

Depuis la cuisine, Juliette n'avait pas perdu un mot de leur conversation. Elle avait toujours eu foi dans les explications données par son compagnon, mais à présent, elle se sentait pleinement soulagée.

Rayan venait de balayer le moindre doute. Elle était heureuse, d'un bonheur que lui procurait le sentiment d'un profond apaisement du cœur.

Deux mois s'étaient écoulés, depuis la visite des fiancés dans le Var. À leur tour, Juliette et Faouzi avaient pris la route de Brive-la-Gaillarde. La campagne défilait. Juliette réfléchissait aux maladresses que Rayan et Sylvie risquaient de devoir affronter. Par égard envers les Ayssartier, personne ne se permettrait des allusions inconvenantes. Ce n'était pas le côté maghrébin qui gênait le plus, mais ce que l'on imaginait de la religion musulmane. Tous ne comprenaient pas que c'était leur propre regard qui marginalisait ces couples mixtes.

Elle revivait les premières rencontres avec sa famille puis avec celle de Casablanca. Les siens avaient avancé avec prudence, sur un chemin pavé de curiosité et d'impairs involontaires qu'ils essayaient de dissimuler sous un intérêt un peu surfait. Ils avaient observé sans vergogne celui qu'elle avait choisi et, après bien des réticences, l'avaient accepté tel qu'il était.

À Saint-Zacharie, la reconnaissance et l'intégration de Faouzi résultaient de son adaptation à leur façon de vivre sans qu'il ait à renier les valeurs des siens. Au Maroc, Juliette s'était trouvée confrontée à une situation différente, plus subtile, plus intransigeante. L'hospitalité des Marocains n'était pas un vain mot, et cependant, elle s'était rapidement aperçue que son acceptation par cette communauté ne pouvait passer que par son assimilation et sa soumission à leur mode de vie dicté par la religion. Hors de leur foi et des règles qu'elle imposait, elle ne ferait jamais partie intégrante de leur famille.

Ils atteignirent les portes de Brive alors que les collines s'enflammaient d'un soleil qui disparaissait à l'horizon. Parvenus en ville, il s'amusait à lui servir de guide. Dès leur arrivée, chez les Ayssartier, ils avaient été pris dans le tourbillon des derniers préparatifs.

Au premier rang, face à l'autel, tandis que sous la voûte majestueuse de l'église résonnaient les chants sacrés, Juliette observait Faouzi. Parfois, un tremblement agitait sa bouche, en froissait les coins. Elle avait appris à lire sur son visage les émotions qui le traversaient. Malgré sa retenue instinctive, celui-ci rayonnait en regardant Rayan. Son cœur battait peut-être un peu trop fort, rendant sa poitrine douloureuse et lui creusant une petite ride au coin des lèvres dont elle seule connaissait la signification. Demain, il prendrait une pilule de plus. Qu'était-ce qu'un simple comprimé face à cette félicité ?

Faouzi glissait un regard discret sur sa compagne. Elle se tenait à ses côtés, grave et rassurante.

Même si leur union n'était pas officialisée, il avait déjà reconstitué une vraie famille. Grâce à elle, il avait trouvé une sérénité qu'il n'avait jamais soupçonnée pouvoir atteindre.

Un souffle de nostalgie l'assaillit. Leila manquait à la fête. Quelques images remontèrent de son propre mariage, les incontournables youyous et les rires à fleur de gorge. Il s'étonna un instant de ne plus se rappeler le visage de Baya. Sa mémoire, devenue infidèle, lui imposait dorénavant celui de Juliette.

Au sortir de l'office religieux, le ciel rayonnait d'un franc soleil de fin juin. Le bonheur débordait de toutes parts. La tête bourdonnait des envolées musicales qui avaient rythmé la cérémonie. Un magnifique et authentique tableau que les multiples photos permettraient par la suite de dérouler à loisir.

Les parents de la jeune épousée avaient bien fait les choses, s'attachant au moindre détail de la journée et de la soirée. Les invités étaient nombreux, trop nombreux pour qu'il soit possible de retenir tous les noms. Les Ayssartier avaient présenté Juliette, à tous leurs convives, comme « Madame Bassou ». Dans cet environnement bourgeois et conventionnel, il eut été inconvenant qu'elle ne soit qu'une concubine. Il y eut quelques regards furtifs. Mais dans ces cercles feutrés et secrets, l'on ne s'exprimait pas ouvertement tant par respect des usages que par protection du tissu familial.

Elle n'était pas dupe des non-dits lourds d'interrogations. Combien de fois Faouzi avait-il été confronté à cette situation ? Il lui avait avoué en avoir souffert autrefois. Il avait appris à passer outre et avait fini par s'en amuser surtout lorsqu'il dirigeait un chantier. Au milieu des mondanités, aux côtés de Juliette, il n'était nullement gêné. Elle en ressentit une grande satisfaction, comme s'il s'était agi d'elle-même.

L'heure avançait. Ils furent parmi les premiers à se retirer. Il ne pouvait pas masquer sa fatigue. Alors qu'il venait de se glisser dans le lit, s'abandonnant à la douceur du lin, les yeux rivés au plafond, il posa une question si simple qu'elle en était déroutante par ce qu'elle entraînait :

— Quand fixons-nous la date de notre mariage ?

Elle ne répondit pas aussitôt. Quelques secondes légères et dansantes avant qu'elle ne lui soufflât, en s'emparant de sa main :

— Pourquoi pas avant l'automne, pendant qu'il fait encore grand beau temps ? Le jardin sera bien agréable.

Elle s'attendait à cette demande. Elle y avait réfléchi toute la journée. Elle s'y était préparée et la souhaitait. Au cou de chacun était attaché son destin, et le sien était désormais indissociable de celui de Faouzi.

La campagne résonnait de mille bruits en ces premiers jours de septembre. Les vignes frémissaient des palabres des vendangeurs penchés sur les branches alourdies de raisin. Les galéjades aux accents étrangers répondaient aux accords mistraliens.

Allée de la Cascade, l'animation s'était aussi emparée de la maisonnée. On préparait cette journée de fête où Juliette deviendrait officiellement madame Bassou. Yasmina et son mari s'étaient octroyé deux semaines de congé pour se joindre à la noce et partir ensuite à la découverte de Paris. *Hanna* se sentait trop fatiguée pour entreprendre le voyage. Youssef en avait tiré prétexte pour ne pas venir à Saint-Zacharie, décrétant qu'il n'était pas envisageable de la laisser seule à Casablanca, au grand dam de son épouse Aïcha qu'il n'autorisa pas à se rendre en France. Il n'admettait pas ce mariage avec une infidèle, cette union hors du rituel coranique.

La première fois qu'*Hanna* était venue en France, c'était juste après la rupture. À Saint-Zacharie, le désespoir avait envahi Faouzi. Partout, il retrouvait la présence de sa femme. Les premières nuits, il était écartelé entre rage et chagrin.

Hanna avait pris l'initiative de faire disparaître ce qui avait appartenu à sa belle-fille. Elle avait plié et rangé les vêtements dans des valises. Elle trouverait bien à qui les donner. Il n'était pas question de gaspiller ce qui avait été gagné à la sueur d'un front honnête.

— Demain soufflera un vent nouveau. Il faut préparer le terrain, avait-elle avancé en guise de justification.

La demeure n'aurait plus la même âme.

Durant près d'un mois, *Hanna* avait organisé et géré la maison, s'était occupé de Rayan, et avait cherché par sa présence, à atténuer la peine de son fils. Il lui en était reconnaissant.

Dans les années qui suivirent, à plusieurs reprises, elle avait repris l'avion avec les billets que lui adressait Faouzi. Elle restait moins longtemps, s'ennuyant dans cette campagne reculée. De temps à autre, il la conduisait à Marseille auprès de vagues cousines qu'elle y avait retrouvées. Là, sur quelques arpents de territoire français, ensemble, elles y refaisaient la vie du bled.

Elle n'était plus revenue à Saint-Zacharie, depuis que Rayan avait quitté le toit familial pour poursuivre ses études dans une université éloignée. Elle décida qu'elle resterait désormais au Maroc et attendrait les visites de son fils.

Rayan était le témoin de son père tandis que Juliette avait sollicité Mariette. On dénombrait une trentaine d'invités. Les Ayssartier étaient évidemment de la noce, ainsi que l'architecte qui avait racheté l'entreprise du futur marié sans oublier Charles, cet ami qui l'avait assisté sans jamais trahir son secret. Devant les photos sur l'étagère, alors que son regard s'attardait sur celle de Leila, Faouzi n'avait pu s'empêcher de lâcher :

— Elle ne sera pas là. J'aurais aimé qu'elle soit avec nous, même si… s'interrompant brusquement.

— Même si ? reprit aussitôt Juliette, à côté de lui.

Deux simples mots qui résonnèrent dans sa tête. Elle les avait déjà entendus, prononcés avec une même intonation. Une fois de plus, tout se bousculait. Il lui fallait savoir. Au bout de quelques secondes, elle parvint à se remémorer cet après-midi où *Hanna* lui avait décrit la scène de rupture.

— Même si elle est partie depuis si longtemps et que je ne l'ai plus jamais revue, avait-il précisé.

Quelque chose d'indéfinissable lui soufflait que la réponse n'était pas le reflet de la vérité ni de ce qu'il avait voulu réellement exprimer. Peu de mots, mais qui dissimulaient une réalité que lui comme

Hanna souhaitaient taire. Parviendrait-elle un jour à obtenir un aveu complet ? Qu'il puisse conserver des secrets lui provoquait une douleur sourde. Elle devait se persuader que sa réserve ne traduisait qu'un puissant désir d'oubli, une protection contre tout ce qu'il avait enduré. De nouveau, elle s'estima bien petite face à lui dont l'existence avait été bousculée à plusieurs reprises, l'acculant à des décisions extrêmes, alors que son parcours à elle n'avait été fait que de platitudes.

En raison de leurs religions respectives, elle ne pouvait envisager qu'un mariage civil. Quelques minutes qui engageaient toute une vie, pour obtenir une reconnaissance officielle. Dans la salle de la mairie, elle avait le cœur serré et se sentait gagnée par une envie de pleurer. Elle éprouvait une étrange détresse qui vidait son âme. Son trouble ne dura qu'une poignée de secondes avant de se dissiper pour laisser place à une douce émotion qui l'emplissait d'un bonheur indicible et infini.

Un instant, elle s'interrogea : aurait-elle été plus heureuse si elle avait épousé en grande robe blanche et au son des cloches carillonnant à toutes volées, le fiancé de ses vingt ans ? Plutôt que de bâtir ensemble une vie de famille, avec le recul, elle était persuadée qu'ils l'auraient détruite. Le bonheur se construisait chaque jour, fragile et incertain. Elle se devait de profiter du moment présent. Certes, le destin ne lui avait accordé que les enfants des autres. Mais quand ils se jetaient dans ses bras ou qu'ils se blottissaient au creux de son épaule, ils devenaient les siens. Bientôt, ceux de Sylvie et de Rayan viendraient à leur tour se lover contre elle. Alors, si elle n'avait pas eu droit à ce qualificatif de « maman », elle serait une « mamie » attentionnée pour des petits-enfants qui ne contesteraient pas sa légitimité.

Le hangar avait été débarrassé pour recevoir les invités au festin de noce. Juliette et Faouzi avaient fouillé dans leurs armoires pour dresser des tables accueillantes. Sur la broche tournait un agneau à la panse farcie de plantes aromatiques, grillant sur un lit de sarments qui se consumait lentement.

Les Ayssartier se laissaient aller à une franche décontraction. Ils appréciaient cette fête à la bonne franquette. Le mariage de leur fille avait chassé, chez eux, toute inhibition. Par contre, les Vignal dissimulaient assez mal un reste de scepticisme jusqu'à ce que Rosine finisse par déclarer, fataliste :

— Espérons qu'elle ait fait le bon choix…

L'ambiance se détendit au fur et à mesure que les coupes de champagne se vidaient sans considération d'un quelconque interdit.

— Heureusement que nous ne sommes pas en période de ramadan, glissa discrètement monsieur Ayssartier, sur le ton de la plaisanterie.

— Nous aurions attendu l'*iftar*, lui répondit en souriant Yasmina qui précisa devant l'air interrogatif de son interlocuteur : le coucher du soleil qui annonce l'heure de rupture du jeûne.

Juliette était un peu grise, enivrée de se retrouver au centre de la fête, de tous ses proches qui l'entouraient, du bonheur qui irradiait le visage de l'homme devenu son mari, de l'anneau d'or qui brillait à son doigt, du nom différent qui dorénavant était le sien. Non, elle ne souvenait plus de ses anciens amants. Cette union balayait le passé, comme un coup de mistral chasse les nuages. Les années n'avaient pas fui : elle avait retrouvé ses vingt ans.

LE LIVRE DE LEILA parut à la rentrée littéraire de septembre. L'éditeur avait mis en place une importante promotion pour le lancement de ces *Dattes amères*. Au nombre de ses auteurs, il comptait déjà un professeur en pédopsychiatrie qui exerçait dans le même hôpital que Leila, et qui s'était forgé une solide réputation dans le monde des lettres. Aussi pouvait-il espérer un beau succès pour ce texte, aux allures de roman, très différent et intimiste. Plusieurs passages à la télévision étaient programmés et l'on suggérait qu'il pourrait figurer sur la sélection du prix Femina. Lorsqu'il demanda à Leila sous quel patronyme elle le signerait, celle-ci n'hésita guère. Elle y songeait depuis le tout début. Leila Nour : *nour*, la lumière.

Désormais, la lecture occupait une place de choix dans la vie de Faouzi. Il ne fréquentait plus le centre social où Juliette continuait à dispenser ses cours. Le vendredi soir, il suivait fidèlement une émission littéraire. Si le sujet et les commentaires de l'écrivain le séduisaient, il se faisait fort d'acquérir son ouvrage. Il arrivait que la difficulté du texte le rebutât. Il s'efforçait d'en lire le plus possible et discutait avec son épouse de ce qu'il ne saisissait pas. Il suffisait d'un signe de ponctuation mal vu, de tournures de phrases un peu alambiquées, pour que le sens lui échappât. Son rêve avait enfin pris des allures de réalité. Il éprouvait une telle fierté, que jamais il ne renonçait.

Ce jour-là, retardés par les embouteillages à la sortie de Marseille, ils étaient rentrés tardivement. Lorsqu'ils allumèrent la télévision, l'animateur concluait avec le dernier des auteurs invités. Juste deux phrases, mais surtout le visage d'une femme belle et altière, au regard sombre avec, au fond des prunelles, une sorte d'amertume et d'inquiétude, que Faouzi reconnut sans l'ombre d'une hésitation.

Il restait tétanisé, sans voix, tandis que l'animateur rappelait brièvement le thème du roman et remerciait son interlocutrice. Il ne put qu'allonger le bras et pointer son doigt vers l'écran, pour attirer l'attention de Juliette. Le geste insensé et le visage décomposé de son mari ranimèrent le spectre de l'accident cardiaque.

— Qu'est-ce qui t'arrive ? Tu te sens mal ?

Il balbutia quelques mots inaudibles. Sans attendre, elle se précipita vers l'armoire à pharmacie pour chercher l'un de ces petits comprimés qui accompagnaient leur vie.

— J'appelle le médecin, annonça-t-elle fermement tandis qu'il avalait la pilule salvatrice.

D'un « non », à peine soufflé entre les lèvres serrées, il l'arrêta et l'attira à ses côtés, sur le canapé.

— Non, ça va déjà mieux.

Petit à petit, ses mâchoires se débloquaient et les mots parvenaient à s'échapper. Une sorte d'exaltation le gagnait, une ivresse qui l'éloignait d'un éventuel malaise.

— C'était Leila à la télévision. J'en suis sûr. Je l'ai reconnue.

Stupéfaite, elle resta sans voix. Elle effectua un rapide calcul dans sa tête. Comment pouvait-il l'identifier avec une telle conviction alors que la dernière fois qu'il l'avait vue, elle n'était encore qu'une adolescence ?

— Es-tu sûr ?

— Oui, je t'assure ! Dans l'émission, on l'a présentée comme Leila Nour. Mais c'est elle ! C'est bien ma Leila !

Malgré la certitude qu'il affichait, elle gardait un fond de scepticisme.

— « Nour », c'est probablement le nom de son mari. À moins que ce ne soit un pseudonyme.

Les arguments paraissaient valables : cette fracture à l'adolescence rappelée d'une phrase dans la conclusion du journaliste, l'âge qui correspondait au sien. Et surtout ce physique, certes mûri, mais qui restait tel que sa mémoire le conservait.

Il se leva un peu difficilement et alla chercher une boîte en carton rangée sur une étagère de la penderie. Elle contenait, pêle-mêle, les photos les plus récentes de la famille réunie. Baya avait pris soin de classer les plus anciennes dans différents albums. Puis, probablement par lassitude ou par manque de temps, elle avait entassé les autres, se contentant d'indiquer une date au dos de chacune.

Il détaillait les clichés où apparaissait l'adolescente, s'attardait sur chacun d'eux, les étalant sur la table basse. La ressemblance était évidente. Son enthousiasme avait gagné Juliette et les doutes s'effaçaient. Il se lançait dans de grandes explications pour s'interrompre abruptement et lâcher un « mais tu te rends compte ».

— Elle doit vivre en France, émit-il

— C'est fort probable.

— J'aimerais la revoir. Tu crois qu'elle accepterait ? finit-il par demander d'une voix hésitante et craintive.

Une chose titillait Juliette. Un point qu'elle n'osa pas soulever : si Leila avait souhaité renouer avec son père, cela ne lui aurait pas été difficile. Elle avait vécu suffisamment longtemps à Saint-Zacharie pour ne pas en avoir oublié l'adresse. Où qu'elle puisse être maintenant, elle aurait toujours pu le joindre par téléphone ou envoyer un petit mot. Qu'est-ce qui se cachait derrière son silence ?

La soirée s'éternisa entre évocation des lointaines années, hypothèses et espoirs. Le calme revenait peu à peu. Elle se contentait d'écouter et d'approuver de peur de rompre le charme. Dans son esprit, elle échafaudait des plans pour entrer en contact avec Leila et le père et la fille, consciente que ce rapprochement serait délicat.

Au matin, des brumes traînantes masquaient la cime des arbres. Faouzi, après un sommeil perturbé, s'efforçait de contenir son impatience. La nuit lui avait apporté des doutes : après tout, il aurait pu être victime de son imagination.

Le petit-déjeuner à peine avalé, ils avaient pris la route d'Aix pour se rendre dans une librairie que fréquentait Juliette. Elle s'était liée d'amitié avec la responsable et si quelqu'un pouvait les aider, c'était bien elle.

— Leila Nour ? Oui, je viens de terminer son livre. Il est sorti depuis quelques semaines et il marche bien. J'avais lu un article avant sa parution officielle. C'est une belle histoire, dure.

Tandis qu'elle retirait l'ouvrage d'un rayon, elle l'interrogea sur l'auteure.

— Non, je ne sais pas grand-chose d'elle, si ce n'est qu'elle signe là son premier livre. À part ce qu'on dit d'elle en quatrième de couverture…

Par contre, une partie de l'action se déroule dans la région.

Elle le tendit à ses visiteurs. Faouzi s'en saisit avec précaution, comme si on lui présentait un vase précieux. Il caressa le carton souple et brillant de la jaquette noire qui encadrait une peinture aux allures cubistes, au trait puissant : une jeune femme, au regard fuyant, les bras abandonnés le long de son corps à demi dénudé.

Il retourna le livre. Tout en bas, figurait une photographie accolée à une présentation succincte où il était indiqué qu'elle habitait Marseille. Juliette le vit sursauter. Cette proximité et ce mutisme de l'auteure annonçaient une douloureuse ambiguïté.

Elle aurait préféré aborder la première ces *Dattes amères* et trouver ainsi le moyen de préserver son mari des attaques dont elle pressentait qu'il faisait l'objet. Elle savait qu'il rejetterait la moindre de ses objections. Cette histoire lui appartenait. Elle n'en était que la spectatrice même si elle partageait sa vie.

La matinée se passa sans que Faouzi ait le temps de se plonger dans le livre. Il était tiraillé par des sentiments contradictoires. À la fois rassuré d'avoir le livre à portée de main et inquiet de ce qu'il allait y trouver. Aussi repoussait-il le moment de l'ouvrir et d'y découvrir l'absente.

Il entama sa lecture après le déjeuner. Calé au fond de son fauteuil, il remontait le temps. Aucun doute n'était permis. L'auteure avait situé son action là même où ils habitaient. Elle évoquait son enfance heureuse, au milieu d'une famille unie, ses premières années d'école et ses camarades. Une vie faite de petits bonheurs et de grandes joies, où il retrouvait sa fille.

— Elle écrit bien, souffla-t-il avec admiration à Juliette qui s'apprêtait à partir pour l'atelier d'alphabétisation.

Elle l'abandonna à sa lecture, plutôt rassurée. Après tout, elle s'était peut-être laissé emporter par son imagination. L'après-midi touchait à sa fin quand elle regagna leur domicile. Elle retrouva son mari à la même place que lorsqu'elle avait quitté la maison. Le visage fermé, il ne lui adressa que quelques mots. Le ton du livre avait changé de registre.

Elle le connaissait peu expansif. Il lui avait expliqué que son éducation religieuse lui avait enseigné que la pudeur face à autrui sanctifiait l'honneur de l'homme. Elle aurait tant aimé qu'il brisât ce carcan. Elle savait qu'il ne parlerait pas et qu'elle devrait patienter jusqu'au moment où il se déciderait enfin à le faire.

Elle repensa à l'accueil qu'ils avaient reçu à Casablanca. Derrière l'exubérance, le verbe haut, se dissimulaient des personnalités dissemblables, qui taisaient leurs sentiments, étouffaient leurs angoisses, bridaient leurs caractères, apprivoisaient leurs peurs. Tout n'était que parade. Ce n'était pas de l'hypocrisie, mais l'empreinte de plusieurs siècles d'enseignement coranique.

Pendant tout le repas, ils n'échangèrent que des banalités. Lorsque arriva l'heure d'aller se coucher, il s'excusa en déclarant qu'il souhaitait avancer dans le récit. Les lèvres pincées, le regard dur, il reprit sa place sur le canapé. Elle aurait voulu lui arracher l'ouvrage des mains. Il renfermait un secret qu'il refusait de lui avouer. Elle s'obligea à tempérer sa contrariété et l'abandonna à sa lecture.

Il était minuit passé quand elle s'éveilla en sursaut. Allongeant le bras, elle constata qu'il ne l'avait pas rejointe dans le lit. Un rai de lumière se glissait sous la porte. « Ce n'est pas sérieux ! » pensa-t-elle. Elle tendit l'oreille. Il lui sembla percevoir des gémissements plutôt que des ronflements. L'idée que son mari fût victime d'un malaise l'assaillit.

Elle le trouva affalé, le visage trempé de sueur, les yeux révulsés sous l'effet d'une douleur vive. D'une main, il tirait sur son col tandis que, de l'autre, crispée, dépassaient les bords d'une page à moitié arrachée. Sa respiration était bruyante, il étouffait et ne parvenait plus à parler.

Elle se précipita pour appeler le SAMU et suivit les instructions qu'on lui donna par téléphone, se mouvant comme un automate. Elle réussit à lui faire lâcher le livre et le jeta violemment par terre, comme sous l'effet d'une brûlure. Les secours arrivèrent rapidement bien que l'attente lui parut interminable.

Les ordres fusaient. On s'activait autour de Faouzi relié à une perfusion. Elle avait l'impression qu'on le lui enlevait. On la repoussait. Elle restait en retrait, assistant à une scène où elle n'avait qu'un rôle de spectatrice, alors qu'il s'agissait d'une partie d'elle-même. À l'hôpital, on l'abandonna dans une salle d'attente impersonnelle. Elle avait peur.

La disparition brutale de son père l'avait choquée et sa peine avait été immense. Pour les siens, elle avait dû réagir. Elle s'était efforcée de compenser l'absence. Là, tout était différent. C'était elle, assommée et perdue, qui se retrouvait au premier rang, face à la mort, comme l'avait été sa mère. Combien aurait-elle apprécié une présence réconfortante à ses côtés ! Elle en éprouvait le besoin viscéral. Depuis que Faouzi avait croisé son chemin, sa relation à la solitude avait changé.

Dans la salle d'attente du service de cardiologie, isolée du reste de l'hôpital, la nuit amplifiait le moindre bruit. Elle tremblait autant de froid que d'angoisse et de fatigue. Par moments, sa tête dodelinait et s'affaissait sur son menton. Elle plongeait alors dans une sorte de coma, perdait la notion du temps. De longues heures s'écoulèrent avant qu'un médecin ne vienne la trouver. À la vue de sa lassitude, elle fut prise de panique.

— Rassurez-vous ! L'artère est débouchée. En principe, tout devrait bien se passer maintenant. On le garde sous surveillance, en salle de réveil.

— Est-ce que je peux le voir ?

Une demande classique qui obtint une réponse tout aussi conventionnelle :

— Il faut le laisser se reposer encore quelques heures.

— Vous me le rendrez quand ?

— Il a subi un choc important. Demain, on lui fera d'autres examens et on établira un suivi médicamenteux. Nous allons l'envoyer en maison de convalescence. On reparle de tout ça plus tard. En attendant, vous devriez rentrer chez vous et dormir un peu.

Alors qu'il s'apprêtait à la quitter, il se retourna vers elle et reprit d'un ton adouci.

— Vous êtes en voiture ? Quelqu'un vous accompagne ?

— Non, bégaya-t-elle.

— Vous n'avez pas quelqu'un qui puisse vous ramener chez vous ?

Elle acquiesça de la tête.

— C'est bien ! C'est plus prudent. Il faut vous ménager.

Elle regarda sa montre et constata qu'il était huit heures passées. Alors qu'elle ne s'était jamais tournée vers une amie ou un proche pour s'épancher de ses problèmes, Mariette s'imposa à elle. Celle-ci accepta d'emblée de venir la chercher. Pendant ce temps-là, Juliette avait pu apercevoir Faouzi derrière la vitre des soins intensifs. Il dormait paisiblement comme s'il ne lui était rien arrivé. Elle lui parlait à travers le barrage de verre, d'une voix douce qui ne s'échappait pas de ses lèvres et qu'elle était seule à entendre. Elle avait fini par aller s'asseoir sur un siège de plastique froid dans l'immense hall d'entrée qui retrouvait son animation de la journée. La vie reprenait ses droits et ramenait l'espoir. Lorsque Mariette pénétra dans le Centre hospitalier d'Aix-en-Provence, Juliette bien s'était ressaisie.

Elle fut soulagée de ne pas rentrer seule. Elle était touchée par l'attention que lui prêtait Mariette. Assise dans un fauteuil du salon, elle gardait les yeux rivés sur le livre qui gisait à terre. Que contenait-il de si fort pour provoquer un tel choc ? Il fallait qu'elle l'ouvre, qu'elle parvienne à comprendre. Elle s'en saisit avec quelque répugnance et, d'un geste machinal, s'efforça de défroisser la page à demi arrachée.

— Tu dois prévenir Rayan, lui intima son amie.

— Plus tard.

Mariette partit. Bien que somnolente et épuisée, Juliette ne réussit pas à dormir. L'heure normale du sommeil était passée. Le jour inondait la pièce d'une lumière blafarde, atténuée par des nuages bas.

Elle ouvrit le livre. Dans les premières pages, elle sauta de nombreuses lignes pour en arriver plus rapidement à cette fin de vacances où Leila n'avait pas suivi son père en France. Elle s'y reprit à plusieurs fois pour assimiler ce passage. Puis elle poursuivit sa lecture avec une certaine avidité.

Elle évoluait hors du temps, dans une histoire surréaliste qui, même si elle n'était pas la sienne, ne lui était pas étrangère. Elle ne s'interrompit que lorsqu'elle parvint à l'endroit où Faouzi s'était écroulé. Si les récits de son mari et d'*Hanna* coïncidaient, celui de Leila divergeait. Une tragédie qui reposait sur un malentendu égoïste. Des vies bouleversées par des non-dits, des silences si graves qu'ils en devenaient des mensonges et conduisaient à une condamnation injustifiée.

Elle se secoua et décida d'appeler Rayan. Elle eut du mal à le dissuader de se rendre aussitôt au chevet du malade. Quand le calme revint en lui, ses questions se firent précises. Elle ne savait ni dissimuler ni mentir. En phrases hésitantes, elle lui raconta l'émission de télévision, le besoin impérieux de retrouver Leila, le livre et les accusations qu'il contenait. La colère envahissait Rayan, accentuée par l'angoisse. Il s'exprimait sobrement, sans entrer dans les détails. Parfois, les silences s'interposaient, lourds de questionnements. À travers le combiné téléphonique, elle percevait sa respiration forte et oppressée.

— Quand je pense qu'il m'a dit avoir appris à lire pour réaliser son rêve et que justement ce rêve a failli le tuer… lâcha-t-il dans un souffle, avant de raccrocher.

Il savait ce qu'il allait faire. Il se plongerait dans ce texte meurtrier et retrouverait sa sœur qui, il voulait le croire, ignorait apparemment le fait le plus important de sa propre histoire, que lui et *Hanna* connaissaient.

LA FOULE COMMENÇAIT à envahir les travées. La Foire du livre de Brive-la-Gaillarde venait d'ouvrir ses portes. Grande manifestation littéraire, elle attirait chaque année, au début de novembre, un nombre considérable de lecteurs venant à la rencontre d'auteurs dont, pour la plupart, la réputation n'était plus à faire.

Leila n'avait pas obtenu le prix Femina. Il avait été décerné à Maryline Desbiolles. Néanmoins, le fait d'avoir figuré parmi les prétendantes lui avait assuré une médiatisation importante.

Derrière sa table couverte de piles de livres, elle observait les chalands. Elle attendait que l'on s'adresse à elle et ne cherchait pas à capter l'attention. Certains s'arrêtaient et un dialogue s'instaurait. Un mot, une reconnaissance flatteuse, deux regards qui se croisaient, des sourires qui s'échangeaient. Elle se débrouillait pour détourner les questions trop intimes.

Au départ, l'immensité de la halle Georges Brassens, qui accueillait cette grand-messe littéraire, l'avait impressionnée. Elle se sentait comme un comédien sur le point d'entrer en scène. Puis, mise en confiance par le libraire et les auteurs assis près d'elle, elle s'en amusa. Au fil des heures, dans un brouhaha modulé au gré des flots de visiteurs, son intérêt déclina.

Midi approchait, réduisant l'affluence. Elle se sentait observée et préféra ignorer ce regard pour se plonger dans le dossier remis par les organisateurs.

Il lui fallut quelques instants avant de réaliser que quelqu'un était planté devant sa table. Relevant la tête, elle s'excusa. L'homme grommela un « je vous en prie » qui n'avait rien d'amical. Le cœur de Leila s'emballa : ces yeux, ces traits, cette allure, lui évoquaient brutalement Rayan. Une décharge électrique la traversa. « Si, à chaque fois que je rencontre un homme qui lui ressemble, je me mets dans un tel état… » se dit-elle pour se raisonner. Il lui tendait un livre sans prononcer un mot. « Et si c'était réellement lui et que je laisse passer l'occasion de le retrouver… » Tout se bouscula dans sa tête.

— La dédicace, c'est pour moi : Rayan Bassou.

Elle s'interrompit dans son geste et posa son stylo. La tension était palpable, et il s'écoula d'interminables secondes avant que la surprise ne laisse la place à l'attendrissement, puis à la joie. Le jeune homme se sentait gagné par un vertige qui les emportait aussi bien l'un que l'autre. Il se mit à parler, d'un ton radouci.

Pour lui aussi, le choc avait été rude. Il s'était tenu en retrait autant pour l'étudier que pour contenir le flot d'émotions qui l'envahissait. Il avait pourtant maintes fois répété la scène. Il pensait être en mesure de garder la maîtrise de lui-même, mais la violence de son sang martelant ses tempes l'étourdissait et bousculait tout ce qu'il avait imaginé.

Abasourdi, il avait d'abord cru se retrouver face à leur mère, si semblable à l'image qu'il conservait d'elle ! Elle avait approximativement le même âge que Baya lorsqu'il l'avait vue pour la dernière fois. À bien la détailler, il vit dans ses yeux une lueur différente. Ils étaient animés d'une flamme où se mêlaient une fierté presque arrogante, et une agressivité qu'il n'avait jamais distinguées dans le regard de sa mère. Par contre, les commissures abaissées de ses lèvres trahissaient son amertume.

Face à Leila, ses années d'enfance et d'adolescence l'assaillaient. Elles défilaient en une multitude d'éclairs qui le transportaient sans résistance dans un foyer encore uni. Dès qu'il l'avait aperçue, il était resté pétrifié. Il comprenait ce qu'avait pu éprouver son père lorsqu'il l'avait découverte sur son écran de télévision.

— Si nous sortions d'ici ? Je crois que nous avons beaucoup de choses à nous dire, proposa-t-il.

Ils se frayèrent un passage entre les étals du marché qui couvraient la place et s'étiraient le long de la promenade des Tilleuls. Ils débarquaient dans un autre monde, celui d'une réalité au quotidien, avec ses habitudes. Malgré l'heure, l'activité ne ralentissait pas.

— Avenue de Paris, on sera plus au calme, suggéra Rayan.

Devant l'étonnement de sa sœur, il ne put réprimer un sourire et lui expliqua ses attaches à la ville. Des « ça alors » ponctuaient leurs pas et meublaient leurs rares silences. Ils se rapprochaient du pont de pierre qui franchissait la Corrèze, lorsqu'il poussa la porte d'un restaurant. Installés dans l'arrière-salle, ils enchaînaient les questions : « Tu es marié ? Tu as des enfants ?...» Ils s'accrochaient à leur présent comme s'ils voulaient partir de cette rencontre et occulter la période de leurs existences séparées.

Alors que le garçon s'était éloigné après avoir desservi les hors-d'œuvre, le visage de Rayan se fit sérieux.

— Ton livre, je l'ai lu. Et je ne suis pas le seul.

Elle se raidit, prête à riposter. Elle décelait les reproches contenus dans la voix atone de son frère. Du plus profond de son être, elle sentait une forme de satisfaction se répandre en elle. Elle avait atteint son but.

— Ton roman, tu l'as voulu autobiographique ?

Elle opina de la tête, l'estomac noué par le combat qui s'annonçait.

— Te rends-tu compte du rôle que tu attribues à mon père ? Comment penses-tu qu'il ait réagi ?

« Mon », ce possessif synonyme d'exclusion, elle le reçut, cinglant comme une claque.

— « Ton » père ! Tu réalises que toi aussi tu me rejettes ?

Rayan hésita une fraction de seconde. Était-elle sincère et ignorait-elle les manigances de leur mère ?

— Oui, je dis bien « mon père à moi », parce qu'il n'a été le tien que par le cœur, pas par le sang. Il t'a toujours aimée même s'il n'était pas ton père biologique.

Une douche glacée s'abattit sur Leila, figeant ses mouvements et ses pensées. Tétanisée, elle fit un grand effort sur elle-même pour reprendre ses esprits. Que devait-elle comprendre ? D'une voix rauque, presque brisée, elle balbutia :

— Explique !

Rayan s'obligeait à rester impassible. Qu'elle ignore tout de sa filiation le soulagea. Comme s'il se débarrassait d'un fardeau trop longtemps porté, il lui répéta ce qu'il avait entendu depuis l'autre côté du mur, pendant cette scène de rupture qu'il n'avait pu chasser de sa mémoire. Chaque mot la pénétrait comme une flèche. Elle, qui s'employait à aider ses patients à résoudre leurs problèmes, n'avait rien vu de ce qui la concernait. Comment avait-elle pu être aussi aveugle ? Livide, proche de l'évanouissement, elle s'accrochait au récit de son frère. Le temps s'était arrêté et tous deux évoluaient dans un monde cauchemardesque qui n'appartenait qu'à eux. Il paraissait évident que l'un comme l'autre avaient été victimes de la légèreté égoïste de leur mère.

— Tu n'as jamais voulu savoir ce qu'était devenu notre père et connaître la raison de leur séparation ?

Elle aussi l'avait aimé et n'avait jamais pu le chasser de sa mémoire. La haine était si proche de l'amour… Elle esquissa un sourire de soulagement. Ce « notre » lui assurait à nouveau la reconnaissance de son appartenance à la même famille. Plus que quiconque, elle était persuadée que c'était dans le cœur de l'enfant que se façonnait l'homme qu'il serait plus tard.

Non, ce n'était pas qu'elle n'ait jamais cherché à découvrir les motivations de cette rupture. Lorsqu'elle interrogeait sa mère, celle-ci se dérobait, n'apportant qu'une réponse évasive. Les premiers temps, Baya paraissait sereine et lui avait assuré que tout finirait par s'arranger. Un petit sourire aux lèvres, elle répétait que lorsque Dieu fermait une porte, il en ouvrait toujours une autre et qu'elle était trop jeune pour être confrontée aux problèmes des adultes.

— Il aurait pu écrire, ne serait-ce qu'à moi s'il ne voulait plus avoir de contact avec notre mère. Il lui aurait suffi de m'envoyer un courrier adressé chez *Hanna*. Elle se serait débrouillée pour que la lettre me parvienne, j'en suis sûre.

— Il ne pouvait pas le faire !

— S'il y avait vraiment tenu... Juste quelques mots pour me dire que j'existais toujours pour lui.

— Non ! À cette époque, il était illettré.

— Comment ça ?... Ce n'est pas possible ! Je m'en serai rendu compte.

— Rappelle-toi, ce n'était jamais lui qui s'occupait des papiers de la maison ni de nos devoirs.

Un éclair fulgurant laissa la jeune fille sans voix. Ses tympans résonnaient tandis qu'elle écoutait Rayan lui raconter comment il avait découvert les difficultés de leur père. Elle avait voulu le mortifier au travers d'écrits auxquels il ne pouvait accéder. Quelle dérision du sort ! Elle n'avait atteint que ceux qu'elle ne cherchait pas à blesser.

Chacun se murait dans ses pensées jusqu'à ce qu'elle ramène la conversation sur Baya. Elle détenait une vérité que devait ignorer son frère.

Rayan parvenait difficilement à évoquer Baya et quand il en parlait, il lui refusait le nom de

« maman ». Lui aussi portait au cœur une cicatrice indélébile.

Leila expliquait : elle avait aveuglément fait confiance à sa mère. La dépression était arrivée entraînant dans son sillage la déraison de celle-ci qui chaque jour se faisait un peu plus fantôme et s'éloignait d'elle. Cette phrase qu'elle réitérait, accusatrice : « ton père nous a abandonnées », avant de replonger dans son mutisme, résonnait encore aux oreilles de la jeune femme.

Lorsqu'elle l'avait vue, allongée sur le sol battu de la ruelle, enveloppée dans une couverture, détruite, la haine l'avait envahie. Elle avait cherché l'oubli et y était presque parvenue. Son retour à Marseille avait ravivé ses tourments et son ressentiment, attisant sa soif de vengeance.

Rayan l'avait écoutée sans l'interrompre. Les mâchoires serrées, une main refermée sur sa serviette, il était visiblement la proie d'une émotion intense.

— Elle s'est suicidée ? demanda-t-il presque en sifflant tant les mots s'échappaient difficilement.

— Oui !

Réponse brutale, asphyxiante. Il revoyait ces lettres arrivant de Casablanca, adressées à son attention. Son père les lui remettait avec pour tout commentaire : « C'est pour toi ! ». Il avait lu la première et n'y avait pas trouvé ce qu'il attendait. Les « tu me manques » écrits par sa mère ne justifiaient pas cette blessure dont elle était la cause. Il avait refusé d'ouvrir les suivantes, mais il ne les avait jamais détruites.

— Je ne savais pas... Jamais je n'aurais pu l'imaginer... murmurera-t-il avec peine.

Bouleversé, le jeune homme avait dû mal à aller jusqu'au bout de ses phrases.

— Comment ?...

— Elle s'était enroulée dans une couverture avant de sauter dans le vide. Peut-être dans un ultime mouvement de pudeur, pour que l'on puisse conserver l'image de sa beauté, peut-être aussi pour ne pas choquer ceux qui la trouveraient... Comment le savoir ?

Au fond d'elle-même, Leila avait toujours voulu croire que ce dernier geste lui était destiné afin de lui épargner le spectacle de sa déchéance, de ce corps désarticulé écrasé au sol, qui avait perdu son identité.

— Elle n'avait plus de ressources pour lutter contre la douleur. Elle aspirait simplement à ne plus souffrir.

Rayan était atterré. La mort était une chose. Le suicide lui donnait une autre dimension. Tant de sentiments se bousculaient en lui ! Il était facile de détester lorsque l'on était dans l'ignorance. La détresse extrême de cette femme dont il ne pouvait pas éluder qu'elle était sa mère, ébranlait ses certitudes.

L'heure passait. Ils n'avaient guère touché à leur repas et subissaient la contrariété du serveur. Ils évoluaient dans un monde où le temps n'avait plus sa place. Rien n'était plus amer que la vérité, mais elle restait envers et contre tout la meilleure des éloquences. De quel droit une mère pouvait-elle s'abandonner à sa propre détresse et manipuler son enfant, même inconsciemment, comme elle l'avait fait ?

Rayan n'avait pas encore abordé les problèmes de santé de leur père. Avant tout, il évoqua Juliette.

— Heureusement qu'elle est là !... commença-t-il tout en enchaînant sur l'hospitalisation de Faouzi.

— Qu'est-ce qu'il lui est arrivé ? s'inquiéta-t-elle.

— Depuis sa rencontre avec Juliette, il a appris à lire. Ton livre, il s'est plongé dedans dès qu'il en a eu connaissance. Voilà la conséquence de tes écrits : une crise cardiaque !

Leila ne trouvait plus aucune rationalité à cet acte revanchard qu'elle avait tant fantasmé. Tous ses repères s'effondraient. Sa responsabilité dans cette maladie lui laissait le goût de fiel d'un rendez-vous manqué.

— Est-ce que tu crois qu'il pourra me pardonner ? demanda-t-elle dans un murmure.

— Évidemment ! Il a besoin de toi, mais les choses ne sont pas si simples. N'oublions pas qu'il est fragilisé par ses problèmes de santé. On l'a envoyé dans un centre de rééducation cardiaque, en Haute-Provence. Il doit y passer encore une quinzaine de jours. Il faudra patienter jusqu'à son retour à Saint-Zacharie et qu'il ait récupéré. Pas question de lui faire courir le moindre risque.

Grâce à la profession de son mari, elle connaissait ce que cet état pouvait engendrer. Elle attendrait même si c'était frustrant. Tout ce qu'elle venait d'apprendre l'entraînait, elle aussi, dans une convalescence sentimentale. Elle avait besoin de recul pour affronter cette incroyable situation.

Un dernier point n'avait pas été abordé. Depuis la révélation sur sa naissance, la question brûlait les lèvres de Leila :

— Sais-tu qui est mon père biologique ?

Rayan l'ignorait. Il n'en avait aucune idée et il n'avait jamais cherché à le découvrir. Cela ne le concernait pas. Interroger *Hanna* s'avérait délicat. L'âge avait rendu la vieille dame vulnérable. Il ne fallait rien brusquer.

— En tout cas, prends contact avec Juliette. Elle te sera de bon conseil.

Leila avait regagné sa table couverte de livres. La pluie s'abattait avec fracas sur l'immense verrière, ajoutant aux bruits ambiants. Elle ne parvenait plus à s'intégrer au décor. Elle n'était plus à sa place dans cette confrérie dédiée à l'écriture. L'impression d'avoir livré sa propre histoire en pâture l'emportait sur tout autre sentiment. « Des voyeurs » estima-t-elle. Elle aurait aimé se cacher loin de ce monde auquel elle n'appartenait pas.

— Non ce n'est pas une autobiographie, déclarait-elle, se reprochant d'avoir indiqué des lieux précis, gardé les prénoms et parfois même les patronymes réels.

Les remarques de son mari lui martelaient la tête. Simon, après avoir lu son manuscrit, lui avait demandé si elle était certaine de détenir la vérité et il avait souligné la gravité de ses accusations. « Peut-être pourrais-tu changer les noms et les lieux... » avait-il suggéré. Devant son entêtement, il n'avait pas poursuivi et s'était contenté de conclure : « Crois-tu que tu vas effacer ainsi tes frustrations ? »

Elle était prise au piège de cette vérité devenue mensonge. L'après-midi se révéla une épreuve. L'envie de fuir la tenaillait.

Les images défilaient. Bien différentes de celles qui l'avaient accompagnée depuis qu'elle avait quitté la France avec sa mère. Elle essayait d'imaginer sa rencontre avec Faouzi. Même si pour lui, elle était restée sa fille, pourrait-elle le regarder à nouveau comme son père ? « Les choses seraient peut-être plus simples si je n'étais pas psychiatre », se dit-elle ironiquement dans son for intérieur.

Rayan était revenu en fin d'après-midi. Ils avaient prévu de passer la soirée chez les Ayssartier. Elle avait décliné l'invitation à dîner de son éditeur.

Au sein de cette famille qui l'accueillait comme l'une des leurs, elle retrouvait son calme. Personne ne connaissait son histoire, leur histoire. Dans son sac, elle avait glissé un petit carré de papier portant un numéro de téléphone que Rayan lui avait donné avec une pointe d'ironie : « Pour l'adresse, j'espère que tu t'en souviens ! » Juste quelques chiffres dont elle attendait tant !

Tandis qu'elle se démaquillait, elle s'observa dans le miroir. Il lui sembla que la ridule, à la commissure de ses lèvres, s'atténuait. Elle sourit, non pas à l'image renvoyée, mais simplement à la vie.

Un instant, l'idée d'écrire un second livre, qui rétablirait la vérité, la traversa. Elle savait qu'elle s'en abstiendrait. Dorénavant, une porte différente s'ouvrait devant elle et elle tenait à préserver la destinée.

RAYAN AVAIT APPELÉ JULIETTE et lui avait relaté les retrouvailles avec sa sœur, s'attardant sur la scène où il lui avait appris que Faouzi n'était pas son véritable père. Surpris de ne plus entendre le moindre bruit à l'autre bout du fil, il interpella à plusieurs reprises son interlocutrice. Il était loin d'imaginer qu'elle ignorait la filiation de Leila.

Juliette restait sans voix face à cette nouvelle révélation. Ce silence de la part de son mari l'atteignait au plus profond d'elle-même presque comme une trahison. Elle s'obligea à réagir pour que le jeune homme ne découvre pas ce mensonge par omission. Les « même si » qu'elle avait relevés avaient donc ce sens-là ! Toute cette histoire connaîtrait-elle un jour sa conclusion ou devait-elle encore s'attendre à d'autres secrets ? Elle ne parvenait plus à se concentrer sur leur conversation.

Une fois qu'ils eurent raccroché, elle s'obligea à revenir sur ce qu'elle venait d'apprendre et à l'analyser rationnellement. Sa confiance flouée la portait à condamner. Mais une petite voix lui soufflait que ce silence n'était que faiblesse et peur. Faouzi avait besoin d'elle et elle tenait trop à lui pour remettre en cause leurs sentiments profonds.

Depuis qu'elle avait décidé de renouer avec son passé, Leila devenait impatiente. Juliette attendait son appel. La conversation entre les deux femmes ne s'éternisa pas et malgré une certaine réticence elle accepta de venir à Saint-Zacharie.

La communication terminée, Juliette se précipita sur la boîte à chaussures qui recelait les derniers clichés de cette famille déchirée. Elle tenait à découvrir l'adolescente qui se cachait derrière l'adulte. Baya apparaissait sur bon nombre d'entre eux. Elle n'en ressentait plus de jalousie. La vérité révélée avait levé toute ambiguïté.

Elle sélectionna quelques photos réunissant le frère et la sœur à différentes époques de leur vie. Elle les assemblerait dans un pêle-mêle qu'elle mettrait en évidence dans la bibliothèque.

L'allée des Cascades avait changé. Le chemin de terre battue était devenu une rue asphaltée bordée de nombreuses villas. Mais sa mémoire restait marquée à l'encre indélébile et quand Leila arrêta sa voiture devant le portail, elle crut sentir son cœur exploser. À deux pas de l'accomplissement, la panique l'envahit. Laps de temps fugace qui reliait enfin le passé au présent. C'était tellement insensé de se retrouver dans ces lieux après tant d'années...

En ce début novembre, le froid était accentué par un vent qui soufflait du nord. Tout comme Faouzi la guettait la première fois où elle s'était rendue chez lui, Juliette surveillait, se tenait à l'affût. Avant même que Leila ait arrêté le moteur de sa voiture, elle était sur le perron, les épaules emmitouflées dans un châle de laine.

— Entrez vite, vous mettre au chaud !

Elles hésitèrent à s'embrasser et se serrèrent la main. Une gêne planait. Elles s'observaient discrètement. L'âge n'avait pas trahi l'adolescente des instantanés, mais son regard, ses traits marqués dénonçaient sa souffrance.

De son côté, Leila avait essayé de se représenter Juliette grâce aux photos du mariage de Sylvie et de Rayan qu'elle avait vues chez les Ayssartier. Elle était en proie à un indéfinissable malaise tandis qu'elle pénétrait dans cette maison où elle avait vécu et qu'elle y trouvait une inconnue à la place de sa mère. Un vague sentiment de jalousie la parcourut, comme si cette étrangère lui volait ses souvenirs. Jusqu'au mobilier qui n'était plus le même. Seuls les murs semblaient immuables. La vie ne reprenait pas là où elle s'était arrêtée.

Comme prévu, son regard se porta sur les photos. Elle dissimula sa surprise et retrouva sa confiance. Envers et contre tout, elle était restée présente dans cette demeure qui n'était plus la sienne depuis si longtemps. La pensée que sa venue puisse intimider Juliette ne l'effleura à aucun moment.

— Je suis contente que vous ayez pu vous libérer aujourd'hui. Demain, je repars auprès de votre père, lui déclara-t-elle en insistant sur leur lien de parenté.

— Je vous ai appelée en vain à plusieurs reprises, avoua Leila.

Petit à petit, elle se glissa dans ce nouveau décor qui s'articulait autour de l'absent. Il fut principalement question de lui, de sa convalescence passée dans l'arrière-pays varois, à proximité du lac de Saint-Cassien. Des endroits qu'elle ne connaissait pas tandis que Juliette les partageait avec Faouzi. Après une si longue séparation, elle réalisa qu'il lui faudrait apprendre à s'intégrer à ce couple qu'elle découvrait.

— Vous savez, il a gardé toutes vos affaires, vos livres, vos bibelots. Tout est dans des cartons, bien rangé.

Cette remarque lui alla droit au cœur. Il n'avait pas gommé leur histoire. Il l'avait simplement mise de côté en attendant qu'elle redémarre un jour. Progressivement, elle s'abandonna à évoquer ce qu'elle avait pourtant essayé de repousser. Dans ce chemin de paix avec elle-même, elle comprenait enfin que regarder sereinement le lendemain était la plus grande des richesses.

Une connivence amicale s'instaura entre les deux femmes. Depuis le récit de Rayan, Juliette éprouvait de l'empathie pour Leila. La question était de savoir comment aborder des retrouvailles sans provoquer d'émotion trop forte au malade.

— Il n'a pas pu supporter de passer pour un monstre à vos yeux, vos souffrances et ses remords de ne pas s'être battu pour vous récupérer. Mais il a compris la raison de votre livre. Il faut que vous en discutiez ensemble, que vous remettiez tout à plat. Je suis certaine que votre souhait de le revoir lui causera un immense bonheur. Je demanderai conseil à son médecin et votre mari sera aussi un excellent conseiller.

Le soir tombait, humidifiant une nature frileuse. Le temps s'était enfui sans qu'elles s'en rendent compte. Il restait un sujet épineux qui tourmentait Leila.

— Pensez-vous que mon père sache qui est mon géniteur ?

— Il ne m'en a jamais parlé, répondit Juliette. Il a toujours été secret, reprit-elle avec l'hésitation de quelqu'un qui fouillait sa mémoire.

Il lui semblait qu'il avait évoqué un ou deux détails qui pourraient permettre d'avancer dans la recherche de cet homme.

— J'y suis ! Pour la première soirée que j'ai passée ici, votre père avait préparé le repas. Au dessert, il avait fait une remarque.

Elle s'interrompit pour mieux rassembler ses souvenirs.

— Oui, il avait acheté des pâtisseries marocaines et avait ironisé en me précisant qu'elles venaient d'un magasin à Marseille qui appartenait à l'un de ses cousins, justement celui pour lequel votre mère l'avait quitté.

Elle nota le sursaut de Leila et la pâleur subite de son visage. Elle eut peur de poursuivre.

— Vous a-t-il dit autre chose sur lui ?

Elle hésita et reprit :

— Il me semble qu'une autre fois, il m'a indiqué que ce parent était veuf, et que c'est lorsqu'elle l'a su que Baya a voulu rompre son mariage pour aller le retrouver.

Dans les yeux sombres de Leila, accrochés à un point imaginaire, luisait un éclat un peu fou, un reflet d'égarement sur un monde envenimé par ce qu'elle venait d'apprendre. L'homme que sa mère aimait serait donc cet oncle Sofiane auquel elle avait accordé sa confiance ! Voilà pourquoi il s'était montré aussi paternel envers elle !

Juliette allongea la main jusqu'à toucher la jeune femme, en un geste compatissant et protecteur. Elle contint son envie de la prendre dans ses bras. Devant la tension extrême qui raidissait le corps de sa visiteuse, il paraissait évident qu'elle avait compris de qui il s'agissait. Elle n'osa pas lui poser la moindre question.

— Cela ne signifie pas forcément que c'est lui votre géniteur, avança-t-elle timidement.

Leila s'ébroua comme pour éloigner l'oppression du moment et d'une voix sifflante, conclut :

— Je serai bientôt fixée.

Il était tard, elle devait regagner Marseille. Avant de quitter son fauteuil, elle demanda à emporter une photo récente de Faouzi.

Elle détaillait l'instantané qui avait su saisir, derrière la surprise, l'âme du personnage. Il avait vieilli, mais elle le voyait à nouveau avec affection. Sa poitrine se soulevait rapidement, son cœur battait la chamade. Oui ! Il était bien son père !

Devant l'album ouvert, elle s'arrêta sur un cliché qui les réunissait tous les deux.

— C'est pour mon mari, pour qu'il puisse faire connaissance avec ma famille. Chacune de nous détient une part de la vie de mon père. Que vaut-il mieux faire ? Que j'appelle quand vous lui aurez parlé de notre rencontre ?

Juliette acquiesça d'un signe de tête. Il fallait le ménager.

Au moment de se séparer, Leila lui remit une carte de visite. Les deux femmes s'embrassèrent spontanément. Ce baiser, qu'elles avaient contenu quelques heures auparavant, scellait leur appartenance à une même famille, et une amitié confiante.

La nuit avait envahi le paysage lorsqu'elle quitta l'allée des Cascades. Le sentiment de solitude qui l'avait si longtemps habitée s'estompait. Des images se formaient dans son esprit, des moments de joie qui remontaient de son enfance. Elle n'avait pas envie de les balayer.

Sa colère était différente, moins corrosive. La vérité lui offrait une ombre de paix dont elle avait oublié le goût ! Effacer près de vingt ans de haine se révélait d'autant plus déstabilisant qu'à présent la culpabilité l'avait remplacée. Il lui semblait que la violence qui bouillonnait en elle s'atténuait. Elle la reportait maintenant sur un autre. Aux sentiments mêlés d'amour et de frustration qu'elle gardait pour sa mère, elle y ajoutait le reproche.

Ces années d'adolescence, ce rejet par certains qu'elle avait cru être des amis, ce crayon qu'elle serrait si fort qu'il en transperçait le papier, tout s'éloignait petit à petit, lui offrant la liberté d'aborder un quotidien fait d'espoir.

À trop se pencher sur les états d'âme de ses patients, elle repoussait encore plus loin l'examen des siens. « J'aurais besoin d'une bonne analyse », estima-t-elle avec le plus grand sérieux.

Elle aurait aimé trouver Simon à son retour à la maison. Elle avait besoin de lui, de ses conseils. L'admiration qu'elle lui vouait se conjuguait avec l'amour qu'elle éprouvait pour lui. Elle réalisait la chance qu'elle avait eue de croiser sa route. Partager l'existence d'une écorchée vive ne devait pas être chose aisée. Il l'avait supportée, manifestant rarement de l'impatience. Son comportement devait lui paraître souvent puéril, comparé aux situations extrêmes auxquelles il se trouvait confronté. Le combat pour la vie, qu'il menait face à la mort qui l'emportait parfois sur les soins, n'avait émoussé ni sa vocation ni sa force. C'était un philosophe à la douleur sourde. Elle aurait dû l'assister. Dans la réalité, cela avait toujours été le contraire et elle s'en voulut sincèrement.

L'appartement marseillais était plongé dans une semi-obscurité que n'arrivaient pas à chasser les lumières de la rue et des réverbères, lui apportant cette impression d'un autre monde. Simon n'était pas rentré. Il avait laissé un message sur le répondeur pour la prévenir qu'il serait là au plus tard à vingt heures. Un simple « à tout à l'heure », accompagné d'un mot tendre, balayait ce froid et cette impersonnalité qu'elle avait ressentis dès qu'elle avait refermé la porte derrière elle.

Ce soir-là, quand Simon déposa ses clefs sur le guéridon du couloir, elle ne sursauta pas. Elle n'avait jamais été une grande cuisinière, mais elle possédait ce sens du raffinement propre aux Orientaux. La table était joliment mise, avec en son centre, une rose piquée dans un vase de cristal. Une bouteille se dressait dans le seau à glace. Les verres à pied étaient prêts à recevoir le vin aux nuances cuivrées. Dans le réfrigérateur attendait le plateau de fruits de mer que l'écailler du boulevard venait de lui livrer.

JULIETTE AVAIT REGAGNÉ le salon, à peine éclairé par les appliques au-dessus des fauteuils. Dans cette semi-obscurité protectrice, flottaient encore les fragrances ambrées qui émanaient de Leila, comme un vent soufflant d'Orient, apportant les rêves d'un voyage mystérieux. Sa visiteuse était partie depuis un bon moment. Sa trace odorante, chaude et tenace, persistait. Des senteurs un peu fortes qui évoquaient ce parfum que portait Faouzi.

Il lui fallait réfléchir. Un élément lui échappait et revenait comme un leitmotiv : qui était au courant et comment avait-on pu garder le silence autour de cette paternité ? Son mari devait détenir les réponses. Un jour ou l'autre, tout se dévoilerait. L'important était de renouer les liens entre le père et sa fille. Même si Baya n'était pas issue de son sang, il restait affectivement son père.

En attendant, elle enleva le cadre avec les photos du frère et de la sœur. Elle le replacerait le moment venu.

Elle sursauta. Dehors, le vent qui menait grand train venait de faire claquer un volet. Elle se leva pour préparer une valise. Demain, elle rejoindrait son mari. Son séjour en milieu médicalisé se terminait d'ici peu et elle avait été autorisée à demeurer auprès de lui jusqu'à sa sortie.

Depuis qu'il était hospitalisé, la maison lui paraissait tantôt étriquée tantôt démesurée. Sans lui, elle perdait ses repères, sans lui, la chanson de la vie sonnait faux.

Elle se retrouvait seule dans leur grand lit. Elle n'avait pas pu se défaire de son habitude d'allonger le bras. Elle n'y rencontrait que le tissu froid et lisse. Depuis trois semaines que la maladie les avait séparés, la déception l'atteignait à chaque fois. Elle en avait totalement oublié ses décennies solitaires où très rarement un corps masculin avait reposé à côté d'elle.

Certaines images lui revinrent, ombres fantômes, inattendues. Elles la ramenaient vers ces moments passés avec des hommes mariés, généralement en déplacement dans la région, qui s'offraient, au fond d'un lit d'hôtel, des nuits d'un libertinage que leur refusaient leurs compagnes légitimes.

Elle s'était toujours contentée de ces fugaces liaisons qui repoussaient tout engagement. Son corps exultait tandis que son cœur restait en sommeil. Lorsqu'il lui arrivait de repenser à eux, elle ne pouvait chasser l'indéfinissable malaise de ses réveils qui avaient le goût de l'inachevé et l'odeur sulfureuse du mensonge dans lequel elle maintenait ses proches.

Ces souvenirs provenaient d'une autre vie et concernaient une femme différente de celle qu'elle était devenue. Jamais, elle n'aurait pu imaginer combien le monde pouvait changer dès lors qu'on le parcourait avec celui que l'on aimait. Elle constatait l'erreur qu'elle avait si longtemps entretenue, croyant que sa solitude était synonyme de liberté, alors qu'en fait un amour réciproque la délivrait des entraves qui l'avaient, jusque-là, freinée.

Envisager sereinement demain et en partager la vision : communion du cœur et de l'âme qu'elle regrettait de ne pas avoir connue plus tôt. Il fallait protéger ces années que le destin leur offrait.

Elle s'abandonnait à ses pensées, envahie de cette sorte de soulagement anesthésiant qui arrivait au moment de sombrer dans le sommeil. Bientôt, ils seraient tous libérés d'une situation dont ils avaient été les victimes.

Le jour pointait tout juste qu'elle s'apprêtait à partir. Le temps était froid. Le vent s'était calmé.

Elle se sentait l'âme légère gonflée d'une espérance apaisante.

À cette heure matinale, la circulation était encore très fluide. La route creusée à flanc de colline courait le long d'une étroite vallée où s'écoulaient les eaux cristallines de l'Huveaune. Elle connaissait le trajet par cœur, mais continuait à s'émerveiller devant cette nature dont les frimas ne parvenaient pas à anéantir l'exubérance.

Quand elle arriva sur le plateau, barré par l'imposant massif de la Sainte-Baume, le jour s'était pleinement levé. Il lui restait encore un long chemin à parcourir avant d'atteindre le village regroupé autour de son château perché sur un piton rocheux. Les derniers kilomètres lui parurent interminables.

Elle ne repensait pas à cette année vécue avec Faouzi. Aujourd'hui, tout recommençait. Tandis qu'elle arrêtait le moteur de sa voiture, elle l'aperçut. Il l'attendait, assis sur un banc massif et intemporel, à la pierre élimée pour avoir servi de théâtre à tant de rencontres, de repos et de déclarations. Il tenait un livre qu'il referma dès qu'il la vit.

Comme à l'accoutumée, les effusions furent contenues. Il planta son regard dans le sien avant de la serrer contre lui. Les questions arrivèrent une fois leur étreinte rompue. Il gardait son bras autour de ses épaules, souriant et calme.

— Le docteur m'a confirmé que je pouvais partir vendredi.

— J'aimerais le rencontrer avant. Je tiens à connaître le traitement que tu devras suivre...

Juliette ne parla pas des heures passées avec Leila. Elle voulait demander conseil au médecin, mais elle hésitait à lui révéler les arcanes de son foyer.

Elle avait profité de ce que le convalescent soit entre les mains de son thérapeute pour rencontrer le cardiologue. Elle ne lui avait présenté que les grandes lignes de l'histoire et il n'avait pas cherché à en connaître davantage.

— L'entraînement à l'effort qu'il a suivi lui permet de retrouver sans danger une activité normale. Nous lui avons appris à gérer son stress. Il ne s'agit pas pour autant de ne pas le ménager. Il reste fragile.

Le médecin évoqua le traitement auquel son mari devrait se soumettre, les précautions à prendre. Rien de très contraignant, mais il fallait le respecter. « Y aller progressivement » avait-il conclu, n'apportant aucune réelle solution à la demande de Juliette.

— Abordez le problème à un moment où il sera particulièrement détendu. Leur premier contact pourrait se faire par téléphone, finit-il par dire.

Sur le chemin du retour, Faouzi voulut conduire. Il avait retrouvé un entrain juvénile. À peine franchi le seuil de leur maison et le sac de voyage posé sur le carrelage de l'entrée, il enlaça sa femme comme il ne l'avait encore jamais fait à la lumière du jour.

— Cette maladie m'a fait comprendre que pour bien aimer il faut le faire comme si l'on devait mourir demain.

La fatigue s'empara de lui dès la fin de l'après-midi. Le visage marqué, un léger affaissement de ses épaules attestaient de son besoin de repos. Le moment n'était pas opportun pour évoquer Leila. Juliette ne connaissait plus la crainte, il était à ses côtés. Les pièces éparpillées du puzzle s'assemblaient petit à petit. La soirée ne s'éternisa pas. Il avait trop présumé de ses forces. Après tant d'années, l'attente pouvait se prolonger encore un peu.

La nuit avait chassé l'épuisement. Il n'était plus question de prière réglée sur le lever du jour. Les médicaments agissant, le réveil se faisait plus tardif.

Alors qu'elle se trouvait seule, elle essaya de contacter Leila pour la prévenir du retour de son père. À son grand étonnement, ses appels restèrent vains. Après plusieurs essais, une secrétaire finit par décrocher et l'informa que Leila s'était absentée pour quelques jours.

Perplexe, Juliette manipulait la carte de visite laissée par Leila, simple petit rectangle cartonné, mais d'une dimension paradoxalement si grande ! Une idée germa dans sa tête : elle allait recopier le numéro dans le répertoire posé près du téléphone. Elle inscrirait uniquement « Dr L. Aubaniel », sans préciser le prénom : une mention neutre lui permettant d'aborder un récit qu'elle ferait progresser au rythme des réactions de son mari.

LEILA AVAIT CONFIÉ à Simon la joie presque douloureuse éveillée par son retour aux sources. Le village avait bien changé : les usines avaient disparu, la plupart des fours à céramique avaient été démolis. Mais il flottait dans les airs ce parfum des souvenirs sur lesquels se bâtissait une vie. Simon l'avait écoutée, évitant d'intervenir et se refusant à tout jugement. Il connaissait la fragilité que sa femme s'efforçait de dissimuler. Lorsqu'elle s'interrompait, ses silences se faisaient interrogations. Il attendait quelques instants avant de lui répondre, souvent par une question qui incitait à la réflexion.

— Tu devrais commencer par t'expliquer avec Sofiane. Tu te sentiras soulagée et plus libre.

C'était certainement la meilleure des solutions. Simon s'exprimait avec le sérieux qu'il consacrait à ses malades. Elle avait confiance dans son jugement.

— En ce qui concerne ton oncle, ou du moins celui que tu appelais ton oncle, tu dois le rencontrer seule. Ne l'accable pas tant que tu ne connaîtras pas son véritable rôle dans l'histoire ! Par contre, je t'accompagnerai volontiers à Saint-Zacharie.

Vu des problèmes de santé de Faouzi, il convenait de prendre des précautions et la présence d'un cardiologue pouvait s'avérer utile, lui expliqua-t-il. Elle ne put réprimer un sourire. Elle avait parfaitement compris que cette réflexion ne servait qu'à dissimuler l'intérêt qu'il lui portait, et qu'attestaient les petites rides accentuées aux coins de son regard amusé.

La voix d'une sagesse qu'elle refusait d'entendre... Elle entretenait un brasier de rancœur qui était devenu une part inhérente d'elle-même. Il ne lui serait pas facile de l'éteindre. Bien que sa mère lui apparût sous un jour différent, l'image de son corps brisé, roulé dans une couverture, continuait à susciter sa compassion par un excès de souffrance.

Elle connaissait l'antipathie que nourrissait Simon à l'encontre de Sofiane. Il le voyait comme un chef de tribu aux airs paternalistes, un individu pétri de fatuité sous des allures bon-enfant.

— Renseigne-toi pour savoir où est Sofiane en ce moment ! S'il est à Marseille, ce sera vite fait. Sinon, tu n'as qu'à acheter un billet d'avion pour Casablanca.

Leila n'avait pas envisagé cette seconde hypothèse. Prise de court, elle protesta en arguant des rendez-vous programmés avec ses jeunes malades.

— Tu peux faire l'aller-retour dans la journée. Au pire, tu t'absentes un jour et demi, voire deux.

Le lendemain matin, elle s'empressa de contacter le bureau que Sofiane louait à la Joliette. On la prévint qu'il n'était pas attendu avant une dizaine de jours. Il était joignable à Casablanca. Elle composa le numéro de sa ligne directe. Étonné de l'urgence de sa demande, il l'invita à venir passer la soirée au sein de sa famille.

— Je préférerais te voir seul. Il vaut mieux que ce que j'ai à te dire reste entre nous.

Il avait essayé d'en savoir davantage et n'avait pu obtenir qu'un « c'est important ». L'insistance de la jeune femme à le rencontrer rapidement l'avait alerté. L'échéance de la vérité avait sonné. Il appréhendait ce moment même s'il l'avait parfois souhaité.

Leila, qui avait eu l'occasion de parcourir le monde aux côtés de son époux, n'était pas revenue au Maroc depuis de nombreuses années. Ce matin-là, elle avait quitté une Provence frileuse. À son arrivée sur le sol marocain, elle se trouva confrontée au temps menaçant d'une saison de pluies violentes et imprévues. La température n'avait rien à voir avec les grosses chaleurs estivales, mais Casablanca et sa région jouissaient d'un climat tempéré grâce à la présence régulatrice du courant des Canaries. Cette sensation de douceur réveilla en elle les échos de ses années de jeunesse. Sentiments mitigés qui se bousculaient, passaient des couleurs voluptueuses de l'enfance à la période noire de l'adolescence, et de ses premières années d'étudiante solitaire. Elle avait l'impression de réintégrer un univers familier et de découvrir, en même temps, des paysages dont elle ne faisait plus partie. Il fallait qu'elle ouvre grand la porte, entre passé et présent, et oser enfin la franchir pour gagner de nouveaux horizons.

Au pied du mur, elle eut subitement peur. Elle avait cru que la rancœur lui rendrait les choses plus faciles. Il n'en était rien. Son animosité s'était émoussée, probablement parce qu'elle était sous l'emprise de l'appréhension de ses retrouvailles avec Faouzi, ou tout simplement parce que le cœur ne pouvait contenir à la fois amour et haine. Le conseil de Simon d'écouter d'abord Sofiane avant de l'accuser résonnait dans sa tête et faussait le jeu.

Le taxi s'arrêta devant l'un de ces immeubles modernes qui hérissaient l'avenue des Forces-Armées Royales, un quartier voué au monde des affaires. Les locaux de Sofiane se trouvaient au premier étage. Les employés étaient rivés à leurs écrans d'ordinateur. Sofiane la fit entrer dans une pièce meublée avec le raffinement d'un salon, que la porte capitonnée isolait du bourdonnement de cette ruche laborieuse.

Leila détaillait celui qu'elle avait jusque-là considéré comme son oncle. Ses manières, empreintes d'une courtoisie un peu exagérée, ne manquaient jamais d'attirer la sympathie et la confiance de ses interlocuteurs. Rusé, il possédait l'art de la persuasion et gérait d'une main de fer ses affaires. Usant d'une patience infinie, il n'abordait jamais d'emblée une discussion. Après les salutations, les questions sur la famille, des considérations sur le temps, le monde environnant, jusqu'au contexte économique, il en arrivait enfin au sujet de la réunion.

Elle connaissait suffisamment le personnage pour ne pas se laisser piéger. Elle s'efforça de rester évasive sur le motif de sa visite précipitée, attisant d'autant plus sa curiosité. Le calme la gagnait. La situation en mains, elle agissait comme avec l'un de ses patients et entendait mener l'entretien à son rythme.

— Pourquoi, quand Maman a décidé de ne pas quitter Casablanca, est-ce toi qui nous as recueillies, alors que tu n'étais en fait que le cousin de mon père, et que tu n'appartenais pas à sa famille à elle ?

Entre ce que Sofiane avait retourné dans sa tête et la brutalité de la question, il y avait tout un monde : celui de la réalité. Avec le temps, le silence s'était fait mensonge, dans un confort qui avait permis d'éviter l'affrontement. Il ne dissimula pas sa surprise, mais il ne montra aucune gêne.

— Ton grand-père était un descendant d'*Imazighen*, l'un de ces hommes libres de l'Atlas. Il voulait finir sa vie là où ses ancêtres avaient vécu. Il avait déjà quitté Casablanca quand vous vous y êtes installées. Tu imagines ta mère, recluse dans une *mechta*, loin de la modernité ? Et toi ? Là-bas, il n'aurait plus été question d'études, mais de mariage. Je n'allais pas lui refuser l'asile lorsqu'elle me l'a demandé.

— Pourquoi toi ? Autant que je me souvienne, je ne t'avais jamais rencontré auparavant. Tu ne nous fréquentais pas. Avec son instinct de chef de famille, je suis certaine qu'oncle Youssef nous aurait gardées auprès de lui, au sein de son clan.

Sofiane hésita. Sous le feu d'un regard accusateur, il semblait perdre pied. D'une voix changée, un peu rauque, il remonta le temps jusqu'à la fin d'adolescence lorsqu'il accompagnait son père au cœur de la médina où celui-ci réalisait des opérations immobilières. Il était son seul héritier mâle et lui succéderait le moment venu.

Ils rendaient régulièrement visite à une cousine, une femme courageuse qui élevait seule ses trois enfants, alors que son mari n'était jamais revenu d'exil. Son fils avait dû renoncer à l'école et travaillait pour le père de Sofiane. La benjamine de ses filles, Yasmina, avait pour amie, une voisine du même âge, Baya, que son père avait autorisée à étudier.

— Je suppose que tu parles d'*Hanna* et de ma mère.

— Oui et de ton père aussi.

Le moment était enfin arrivé.

— Tu veux dire de Faouzi. Pas de celui qui m'a conçue, pas de celui dont je descends, répliqua-t-elle vertement.

Sofiane n'avait pas réagi, mais il avait blêmi d'une façon frappante malgré son teint basané.

— Que veux-tu dire ?

Il cherchait à gagner du temps. Même s'il s'était déjà préparé à cette confrontation, il était loin d'imaginer l'intensité de tels moments.

— Faut-il en arriver à un test de paternité ? Si j'ai souhaité te parler loin des tiens, c'est que je ne tiens pas à ce que cette triste comédie soit divulguée. Je redoute la honte de cette histoire. Tu peux donc être tranquille, lui lança-t-elle, le mépris au fond des yeux.

Ils étaient assis face à face, séparés par le bureau sur lequel s'appuyait Sofiane, un crayon dans les mains qu'il tournait et retournait machinalement. Elle gardait son regard braqué sur lui tandis qu'il fuyait le sien.

Comment pouvait-on avoir honte de son premier amour ? Le cœur bousculé par une mémoire à vif, Sofiane se revoyait arpentant fébrilement le dédale de ruelles à l'arrière du boulevard des Almohades, à l'heure de la sortie de l'école. Il se débrouillait pour se trouver sur le chemin qu'empruntait Baya. Elle était un peu plus jeune que lui, mi-enfant mi-adulte, avec des gestes encore gauches qui venaient démentir les allures de femme qu'elle cherchait à se donner. Il était tombé sous le charme de cette gazelle dont la séduction et la beauté le poursuivaient dans ses rêves les plus secrets et les rendaient intenses jusqu'au malaise.

Elle ne paraissait pas insensible à sa personne. Œillades, frôlements de mains, rires étouffés, une impatience commune avait fini par s'emparer d'eux. Yasmina était dans la confidence et les accompagnait, se tenant un peu en retrait, pour leur offrir un semblant d'intimité. Parfois, elle faisait le guet tandis que, cachés derrière un pan de mur, ils s'embrassaient avec la fougue de deux amants que l'on cherchait à séparer. Le désir de se retrouver seuls l'emporta sur la prudence et les conventions.

L'occasion se présenta alors que ses parents s'étaient absentés. Il l'avait emmenée dans la villa du boulevard d'Anfa. Une maison blanche où entrait librement la lumière, une demeure comme

Baya n'en avait jamais vue. À cette heure-là, elle était déserte. La fatma avait terminé son service.

Les anciens avaient coutume de dire qu'un homme et une femme ne se trouvaient jamais seuls : ils avaient toujours le diable pour compagnon. Ce fut leur première fois à tous les deux. Il n'avait jamais possédé de corps féminin avant elle, même s'il avait usé de sous-entendus un peu gras dans un univers masculin où la virilité s'imposait et où il ne pouvait pas perdre la face.

Elle était passionnée et il balaya ses réticences sans difficulté. Leurs premiers ébats s'étaient révélés maladroits, presque à la limite de la brutalité. Elle avait pris peur devant le sang qui maculait la couverture. Bien qu'ignorant les choses de la vie, elle connaissait la tradition d'exposer le drap souillé de la nuit de noces. Chasteté égalait honneur et elle avait perdu le sien dans ses bras, sans remords, mais avec crainte. Fier de cet hymen neuf qu'il venait de déflorer, Sofiane avait tenté de la rassurer. « Qu'est-ce que cela peut faire puisque de toute façon, tu es ma femme pour la vie ? » affirmait-il sincèrement avec l'innocence de la jeunesse.

Englués dans la spirale du mensonge, ils n'écoutaient que leurs désirs. Il y eut d'autres étreintes qui, à chaque fois, enflammaient un peu plus leurs sens, occultant la notion de péché de chair réprouvé par le Coran.

Les voisins et les bonnes âmes eurent tôt fait de repérer leur manège. Les langues se délièrent et les allusions de plus en plus insistantes parvinrent jusqu'aux oreilles du père de Sofiane.

Tout s'imposait à la mémoire du brasseur d'affaires, et le ramenait vers ces années où il s'imaginait partager le feu éternel de l'amour. Lui, l'homme endurci se croyait à l'abri de la nostalgie. Face à l'intransigeance de Leila, la porte de son passé s'ouvrait. Son trouble était perceptible. Il s'interrompit, s'efforçant de maîtriser un trop-plein d'émotion. Il savait qu'elle le pousserait à aller jusqu'au bout de son récit.

Après une brève hésitation, il revint sur cet affrontement avec son père lorsqu'il fut question de son départ pour Paris, pour intégrer l'école de commerce international, où il avait été admis avant de s'abandonner aux bras de Baya. Sa réticence à s'éloigner alerta le chef de famille qui haussa le ton. Tout enfant musulman était dévoué à ses parents et la désobéissance s'avérait impensable. Le cœur brisé, Sofiane avait déclaré en soutenant le regard paternel : « Je veux l'épouser ! »

« Pars d'abord et on verra ensuite », avait conclu son père, péremptoirement.

Les jeunes gens ne se revirent qu'une seule fois après cet entretien. Elle lui annonça naïvement qu'elle portait son enfant. Étonné, puisque leur relation physique remontait à moins d'un mois, il lui demanda si elle en était certaine. « Simplement parce que mon cœur me le dit » avait-elle hoqueté entre deux sanglots. Tranquillisé, il lui avait juré fidélité et retour.

Au début, il lui écrivait, exprimant sa solitude loin d'elle, l'assurant de ses sentiments. Quand il repensait au pays, elle était la première personne qui se dressait devant lui.

Comme il était absorbé par ses études, ses lettres se firent plus rares. Il ne recevait plus rien de Baya. Comme quelqu'un qui, se noyant, essayait de se raccrocher à une hypothétique branche, il avait téléphoné à son père. Celui-ci lui intima de rester en France. L'embarras paternel, qu'il avait cru déceler, lui avait fait redouter un drame.

À la fin de la première session de ses études, il était revenu chez ses parents. Il l'avait cherchée en vain. Son père lui avait annoncé qu'elle ne l'avait pas attendu : elle s'était mariée et vivait à l'étranger. Sous le coup de la colère, Sofiane s'en était pris à son père, avant d'apprendre la grossesse de la jeune fille. « Tu es conscient du sort réservé aux libertins ? Elle a eu de la chance de trouver un mari qui l'accepte alors qu'elle était enceinte d'un autre », lui avait déclaré son père. « Mais c'était mon enfant, un enfant dont tu es le grand-père et tu l'as abandonné à un étranger ! » L'argument avait peu de poids. L'intérêt l'emportait sur les sentiments de l'homme habitué à la manipulation. « Tu connais l'intransigeance du père de Baya. C'est un fervent croyant ! S'il ne l'avait pas mariée avant que les conséquences de sa faute ne soient visibles, il n'aurait pas manqué de lui faire subir le châtiment réservé à ceux qui ont enfreint volontairement la loi de Dieu. Dans le Coran, il est dit qu'un homme et une femme accusés de fornication doivent recevoir cent coups de fouet. Vous n'y aurez pas échappé. Je ne te conseille d'ailleurs pas d'aller rôder près de chez lui ! »

Il révéla à Sofiane que le marié n'était autre que son propre cousin, taisant la transaction dont Baya avait fait l'objet. Sofiane fut meurtri bien au-delà de ce qu'il ne se l'imaginait. Était-il envahi par un chagrin d'amour ou d'amour-propre ? Il ne savait le définir précisément.

Comment Sofiane aurait-il pu avouer que l'intensité des cours, la vie étourdissante d'un Paris accueillant pour ces fils de bourgeois, avaient rapidement eu raison de sa peine, ne lui laissant au cœur qu'une cicatrice dont la douleur s'atténuait pour faire place à la tendresse d'un beau souvenir ?

Les années avaient passé. À son tour, il avait convolé. Une union organisée par les familles. Il n'était pas indifférent au charme de sa femme et aux efforts qu'elle déployait pour lui plaire, mais il manquait la petite étincelle qui lui aurait permis de s'embraser. Il se plongea dans le monde du commerce pour lequel on l'avait programmé. Il envisageait de prendre une seconde épouse, la sienne ne pouvait pas lui donner d'enfants. Ce fut à ce moment-là qu'on découvrit la maladie incurable dont elle était atteinte et qui ne lui laissait que peu de temps à vivre. Il abandonna son projet et la pleura sincèrement lorsqu'elle s'éteignit.

Animé par les mêmes sentiments qui avaient habité son père, il souhaitait assurer la pérennité de tout ce qu'il avait bâti et développé. Il voulait un héritier mâle et aspirait à être entouré d'enfants dont les rires résonneraient entre les murs trop silencieux de sa maison.

Il avait eu la décence d'attendre un temps suffisant avant d'envisager un remariage. Il avait jeté son dévolu sur la fille d'un transitaire dont l'activité pouvait venir en complémentarité de la sienne. La jeune femme réunissait tout ce qu'il souhaitait : une tournure agréable et une dot appréciable. De son côté, il faisait un gendre tout à fait acceptable et le père de la future ne repoussa pas sa demande.

Ce fut à cette époque que sa route croisa à nouveau celle de Baya. Il la reconnut sans hésitation.

Plus mûre, plus femme, et encore plus attirante. Le passé resurgit, ranimant des élans qu'il pensait éteints. Elle ne demandait pas mieux que de se retrouver dans ses bras. Cet été-là, il ne fut guère difficile de s'échapper seule. *Hanna* gardait les enfants et son mari était resté en France. Mais tout ceci, il lui était impossible de l'évoquer.

— Donc tu connaissais mon existence et tu n'as jamais cherché à te rapprocher de moi ? s'insurgea Leila.

Tout en formulant sa question, elle réalisa que Faouzi n'aurait pas toléré qu'il perturbe l'équilibre de son foyer.

— L'été où nous ne sommes pas rentrées en France, que s'est-il passé ?

— Je vous avais installées dans la maison d'un parent. Je vous savais en sécurité chez lui.

— Et tu revoyais maman ?

Il avait posé le crayon qu'il triturait depuis le début de son récit et frottait les paumes de ses mains ouvertes, l'une contre l'autre, pour essayer de se donner une contenance.

— Oui.

Une réplique brève, cinglante comme une gifle. Elle se raidit, le regard dominateur, comme pour s'affermir devant la peur envahissante de ce qu'elle allait découvrir. Elle continua. Il fallait poursuivre jusqu'au bout.

— Souvent ?

— Oui.

— Quand ?

Elle usait d'un ton lapidaire qui appelait des réponses précises et sans équivoque.

Dans ce bureau où se déroulait une grande partie de son existence, il revivait avec presque autant d'acuité qu'à l'époque, ces moments insensés. Il ne révélait que ce qui pouvait apporter une justification à sa conduite, taisant un passé qui n'appartenait qu'à lui et pour lequel, face à Leila, il éprouvait honte et gêne.

— Lorsque tu étais au lycée, nous avions de longues heures pour nous.

Même si elle s'attendait à cette réponse, Leila eut l'impression que le sol s'ouvrait sous ses pieds.

Le plus difficile restait à dire. Leur relation s'épanouissait dans une clandestinité qui exacerbait leurs sens et qui lui convenait parfaitement. Il envisageait l'avenir avec réalisme, bien qu'emporté par le tourbillon de sa passion jadis contrariée. L'idée de refaire sa vie avec Baya et d'adopter leur enfant l'avait effleuré.

Comment avouer que petit à petit son amour s'était émoussé ? Un besoin sexuel débridé le ramenait vers elle. Elle se soumettait à ses fantasmes, comme aucune autre femme ne l'avait fait avec lui, n'hésitant pas à les devancer. Au bout de quelques semaines, cette attirance physique compulsive commençait à atténuer des sentiments plus délicats. Ils venaient de milieux différents et il ne la voyait pas s'intégrer à une vie mondaine répondant aux nécessités de sa carrière. Dans un instinct de prudence, il s'était bien gardé de rompre les ponts avec celle qu'il avait envisagé d'épouser avant que Baya ne réapparaisse dans sa vie.

Baya avait évoqué un divorce, « l'acte le plus détesté de tous les actes permis aux yeux de Dieu », ainsi que le stipulait le Coran qui, d'autre part, interdisait à l'homme de maintenir sa conjointe dans le mariage contre sa volonté. La dissolution du couple requérait un délai assez long et Sofiane était trop respectueux des apparences pour contrevenir à la loi divine.

Rien ne l'empêchait de prendre deux épouses. La loi coranique le tolérait à condition qu'il puisse s'occuper d'elles et subvenir à leurs besoins économiques, physiques et affectifs à égalité. Ce qui ne lui aurait guère posé de problèmes.

De son côté, Baya le pressait de plus en plus d'envisager une vie commune. Elle ne réclamait pas un engagement officiel, mais moins de dissimulation. Elle n'imaginait pas qu'il puisse nourrir d'autres projets.

Les choses s'étaient précipitées. Le divorce allait être prononcé. Ils en étaient arrivés, d'abord par inadvertance puis par négligence, à des rapports sexuels fréquents et non protégés. Trois mois avaient passé et elle ne présentait aucun signe de grossesse au grand étonnement de Sofiane. Le sang menstruel revenait régulièrement. Confronté aux problèmes de stérilité avec son épouse défunte, il connaissait le mécanisme intime du corps féminin.

La petite cicatrice qu'elle portait sur l'abdomen finit par l'interpeller. Quand il l'interrogea, elle chercha à détourner la conversation d'un rire qui sonnait faux. Devant son insistance, elle lui avoua la ligature des trompes qui lui avait assuré de ne plus donner d'enfants à Faouzi. Un geste irréversible dont elle n'avait pas saisi l'ampleur à l'époque.

Sofiane eut l'impression qu'une fois encore son rêve se brisait, volait en mille éclats. Il n'était pas homme à s'épancher ni à tergiverser. Son esprit froid eut tôt fait de le pousser à réfléchir lucidement. Cette amputation balayait ses scrupules. Son souhait de fonder une famille l'emportait. Elle était incapable de la lui offrir. Leila était sa fille, mais ce n'était pas suffisant pour le détourner de ses projets, de satisfaire son besoin viscéral d'avoir enfin un héritier mâle. Il savait qu'il pouvait procréer.

Il commença à espacer ses visites, s'attardant moins, prétextant d'incontournables rendez-vous. Il y eut des grincements de dents. Les protestations devinrent lamentations, puis récriminations. Baya redoutait la dégradation de leur relation qui rimait avec abandon. Il lui parla d'un mariage ultérieur, un rôle de seconde épouse, cherchant à la rassurer.

Baya changeait de plus en plus, d'abord en proie à une nervosité inhabituelle et un laisser-aller surprenant. Puis, la tristesse succéda à la rébellion. La dépression arriva insidieuse, dévastatrice, détournant Sofiane de toute envie de libertinage. Leurs ébats firent place à une compassion sincère où le dialogue devenait difficile. Il venait la visiter comme on le faisait pour une malade. Après des mois de bonheur s'installait la douleur.

Il n'avait jamais avoué à sa fiancée les liens charnels qui l'avaient uni à Baya et encore moins sa paternité. Il n'avait évoqué qu'une parente dont il s'occupait après le décès de son mari.

Les remords l'avaient assailli lorsqu'il avait appris le suicide de Baya. Un pan de sa vie s'écroulait sans toutefois déstabiliser l'édifice qu'il avait bâti. Il tut son émoi et enfouit au plus profond de lui cette page que le destin venait d'arracher. Depuis longtemps, elle n'occupait qu'une infime place au fond de son cœur empli d'une nouvelle passion depuis que le ciel l'avait gratifié d'un fils.

Face à Leila dont l'attente d'explication prenait des allures d'un règlement de compte, le malaise revenait : mélange de sentiment d'impuissance, velléités qui lui laissaient le goût amer de la fuite, sans occulter la peur d'un éventuel scandale. Il ne lui demandait pas de l'accepter comme un père. Il aurait apprécié qu'elle continue à voir en lui un être proche, un oncle, cet *ami* comme elle l'avait toujours appelé. Décontenancé, avec des mots maladroits, lui si éloquent, il tenta de se justifier.

— J'aimerais que tu me pardonnes, dit-il, ajoutant que, dans cette histoire, ils avaient tous été des victimes.

Elle n'avait pas haussé la voix. Elle avait peu parlé, seulement écouté et questionné froidement.

— Te rends-tu compte des conséquences de ton silence ? Tu m'as fait détester et rejeter un homme qui ne le méritait pas. Je l'ai accablé dans mon livre et j'ai failli le détruire.

— Quelques mois après la mort de Baya, j'ai essayé de t'expliquer. Tu m'as interrompu alors que j'avais à peine commencé, me déclarant que tu ne voulais plus entendre parler de lui.

Elle avait oublié cet épisode. En écoutant Sofiane, la mémoire lui revint. Elle n'avait pas compris sa démarche à l'époque, pensant qu'il cherchait à se décharger d'elle en la renvoyant à son père.

— Crois-tu que j'avais le droit de trahir le secret de ta mère ? J'ai toujours veillé sur toi avec affection, émit-il doucement, en taisant son amertume.

Elle éprouvait des sentiments mitigés envers Sofiane et ne parvenait pas à accepter le lien qui l'unissait à lui. Maintenant que tout était dit, la révolte grondait moins au fond de son âme. Un léger rictus déforma sa bouche. En un éclair, elle se rappela que, selon Nietzsche, la recherche de la vérité était avant tout un enjeu à vivre mieux et qu'elle ne répondait qu'à un fort besoin égocentrique. Instinctivement, elle réagissait en psychiatre.

Il s'écoulerait du temps, si toutefois elle y parvenait, avant qu'elle ne voie plus en Sofiane un cynique imposteur. Mais, d'ores et déjà, la haine destructrice l'avait quittée. À présent, elle pouvait commencer à se reconstruire.

ALLÉE DE LA CASCADE, la vie avait repris ses droits presque comme s'il ne s'était rien passé. Du moins, c'était l'attitude que le couple s'efforçait d'adopter. Pourtant, des changements perceptibles s'opéraient doucement. La retenue habituelle de Faouzi s'effaçait au profit d'une spontanéité encore un peu bridée, mais qui s'affirmait petit à petit.

Quant à Juliette, ses pensées se tournaient vers Leila dont elle attendait le retour avec une fébrilité qu'elle justifiait par un pieux mensonge. Son mari, loin d'imaginer ce qui se tramait, attribuait son attitude aux jours d'angoisse qu'ils venaient de traverser.

Finalement, les deux femmes avaient pu se parler au téléphone. Un entretien fait de confidences qui avait laissé Juliette songeuse. Elle avait été impressionnée par la prestance de Leila et par sa réussite professionnelle. Or voilà qu'à l'autre bout du fil, elle découvrait un être vulnérable, envahi de doutes et qui s'en remettait à elle.

— Ne vous inquiétez pas, tout ira bien, lui assurait-elle.

— Et s'il ne veut pas me téléphoner ?

— Il le fera. Croyez-moi !

Il ne se passa guère de temps avant qu'il ne tombe sur le numéro laissé en évidence.

— Docteur L. Aubaniel ? Quelqu'un que tu connais ?

— Oui. D'ailleurs, je souhaitais t'en parler.

Elle l'entraîna dans le salon, attendit qu'il soit calé dans son fauteuil avant de commencer. Elle ne tergiversa pas.

— C'est le numéro de Leila. Nous nous sommes rencontrées.

Elle détachait ses mots, comme on le faisait avec un enfant que l'on cherchait à convaincre sans le brusquer.

Il ne sursauta pas. L'incrédulité se lisait sur son visage. On aurait pu croire qu'il s'y attendait.

— Quand ?

— Pendant ton séjour en maison de repos.

— Mais... comment... ?

Elle enclencha son récit : les retrouvailles du frère et de la sœur à Brive-la-Gaillarde, leur explication. Elle insistait sur la méprise qui avait conduit la jeune femme à écrire son livre condamnatoire, sa réaction puis son effondrement. Il l'écoutait, fasciné, suivant le mouvement de ses lèvres autant pour se persuader qu'elle lui parlait réellement que pour ne pas risquer de perdre le moindre mot.

— Oui, elle aimerait que tu lui pardonnes et que tu acceptes de la revoir. Je l'ai déjà assurée que tu comprendrais et que tu l'appellerais.

Elle enchaîna d'une voix douce et persuasive :

— Elle a beaucoup souffert et toi aussi. Ne perdez plus de temps !

Le visage décomposé de son mari et son léger rictus, presque une grimace de contrariété, lui firent redouter un nouvel obstacle. Il n'allait quand même pas repousser la demande de Leila… Elle avait toujours cru que la rancune lui était étrangère. Un très bref instant, elle craignit de découvrir une facette inattendue du personnage. Non ! Il devait y avoir autre chose.

— J'ai honte, si honte ! balbutiait-il, tandis qu'il passait sa main sur son visage comme s'il voulait éloigner un cauchemar.

— De ne pas avoir gardé le contact avec elle ou de ne pas l'avoir recherchée ? Elle ignorait ton incapacité à écrire. C'est Rayan qui le lui a appris.

Elle imaginait mal Faouzi avouer son illettrisme et demander à une tierce personne de rédiger pour lui une lettre particulièrement intime.

— Non ! Il ne s'agit pas de cela. J'ai téléphoné partout où je pouvais. Pendant des heures et des heures, pendant des mois. En vain.

Elle ne comprenait plus rien. Elle fixait son mari. Qu'allait-elle encore découvrir ? Après un silence qui parut durer une éternité, il se décida enfin à parler.

— J'ai honte pour ne pas tout t'avoir avoué et parce que je me suis laissé acheter, lâcha-t-il misérablement.

Quelques secondes s'écoulèrent à nouveau, avant qu'il ne s'explique.

— Chez nous, le cadeau nuptial, le *mahr*, c'est l'homme qui l'offre. Il est de coutume qu'il verse une somme d'argent à la famille de celle qu'il épouse.

Elle sursauta et ne put s'empêcher de l'interrompre.

— Cela signifie que l'homme s'achète une femme ? s'indigna-t-elle, repensant aussitôt à toutes les accusations que l'on portait à l'encontre des maris arabes.

— Non ! Cette dot-là va à la femme pour qu'elle puisse avoir sa propre richesse. C'est elle qui en dispose. Elle en fait ce qu'elle veut. Les plus pauvres n'offrent parfois qu'un simple tapis de prière.

À l'écoute de ces précisions, elle craignit qu'il s'écartât du sujet.

— Pourquoi dis-tu que tu t'es laissé acheter ?

— Parce qu'un cousin de la famille, le père de Sofiane, m'a payé pour que j'épouse Baya. À l'époque, c'était pour lui que je travaillais comme maçon. Je ne gagnais pas beaucoup d'argent. Malgré tout, je parvenais à faire des économies pour envisager de me marier.

Il s'exprimait sans à-coups, comme s'il récitait une leçon. Il évoqua son amour fou pour Baya, son chagrin quand il lui fut évident qu'elle ne s'intéressait qu'à Sofiane. Lui, il n'était qu'un simple ouvrier. Il ne possédait pas le vernis et encore moins la richesse de son rival. Sans compter les années qui les séparaient, alors que les deux tourtereaux avaient sensiblement le même âge.

Baya rêvait, refusant la réalité. Elle possédait instinctivement l'art de la séduction et elle estimait que sa beauté lui ouvrirait toutes les portes. Elle ignorait, ou elle voulait oublier, les différences sociales et se figurait que les princes épousaient les bergères. Elle s'était noyée dans sa passion, ignorante des choses de la vie et repoussant les règles divines.

Sofiane dut quitter le Maroc pour ses études. Malgré la séparation, elle continua à croire aux promesses d'un amour éternel. Sa mortification n'en avait été que plus dramatique lorsqu'elle avait compris qu'elle attendait un enfant de lui et que Sofiane lui était refusé.

Les foudres de son père s'étaient révélées terribles à la découverte de cette grossesse. Fille indigne et impure, au destin marqué par la *hsuma*, cette honte doublée de culpabilité et de résignation qui était le sort de la femme de sa naissance à sa mort, elle n'avait pas su conserver ce précieux hymen. Et l'opprobre rejaillirait sur la famille entière.

La première idée qui s'imposa fut de l'enfermer dans une *mechta* éloignée où elle passerait pour une jeune veuve. Si Baya devait être punie, son père tenait à ce que justice soit pleinement rendue et que celui qui avait foulé aux pieds l'honneur de sa fille soit également châtié.

La rencontre entre les pères des amants avait été houleuse et avait pris un côté mercantile. Celui de Sofiane réalisait le danger que représentait la passion qui habitait son fils. Il ne fallait pas qu'elle risque de contrecarrer les projets qu'il nourrissait pour lui. Il en était arrivé à la conclusion qu'un mariage scellant le sort de la future mère, associé à l'éloignement géographique serait la meilleure des solutions.

Il savait que Faouzi souhaitait fonder un foyer et s'assurer une situation professionnelle qui le sortirait de sa simple condition d'ouvrier. Il le connaissait depuis longtemps et avait pu apprécier ses qualités et ses ambitions. Il lui parut être le candidat idéal. Certain que ses arguments financiers le convaincraient, il lui proposa la main de la fautive contre rémunération.

— Baya, je l'aurais épousée même s'il ne m'avait rien proposé. Mais je n'ai pas repoussé ce marché impudique. Tu te rends compte que c'est avec son argent que je lui ai offert un *mahr* autrement plus important que je n'aurais pu le faire moi-même ! Ce qui me gênait le plus c'était de m'éloigner des miens, dès que nous serions passés devant l'*adoul*. C'était sa condition. Pour la forme, j'ai demandé à réfléchir. Il a cru à un marchandage.

La somme s'était révélée bien plus conséquente qu'au début de la négociation. Son montant permettait au jeune couple de partir s'installer en France et de regarder sereinement l'avenir, surtout que, là-bas, le travail ne manquait pas. Le père de Sofiane avait de nombreuses relations à Marseille, et il s'engagea à recommander Faouzi auprès de certaines d'entre elles. Ainsi, ne débarquerait-il pas en terre inconnue. « Et si tu as un problème, tu me le fais savoir ! Je t'aiderai dans la mesure du possible », lui avait-il affirmé.

— Je n'avais pratiquement pas reçu d'éducation venant d'un homme puisqu'il n'y en avait pas à la maison. Mon grand-père ne vivait pas avec nous et je le voyais rarement. J'ai vécu les difficultés de ma mère, en essayant de l'aider au mieux. Mais elle m'a offert un enseignement fait de tolérance et de compréhension, précisa-t-il avec tendresse comme à chaque fois qu'il évoquait *Hanna*.

— Donc tu as toujours su que Leila était la fille de ton cousin Sofiane ?

— Oui ! Qu'est-ce que cela veut dire au juste « être la fille de quelqu'un » ? Au début, je ne réalisais pas ce qui se passait. J'avais très peu connu de femmes. Malgré le désir que j'avais d'elle, je me pliais souvent à ses refus, respectant ce ventre qui portait la vie. Le bébé est devenu le mien dès que je l'ai senti remuer sous ma main. Un bonheur et une fierté immenses qui ne m'ont plus quitté et qui se sont amplifiés avec la seconde grossesse de Baya.

Souriant, il racontait la naissance, les premiers pas, l'arrivée d'un petit frère, les cadeaux, toutes ces joies qui comblaient les parents et scellaient une famille. Oui, Leila était bien sa fille envers et contre tout. Il évoquait cette aventure riche et bouleversante, que représentait la paternité. Avec le recul, il regrettait de ne pas avoir été suffisamment présent, sacrifiant souvent à son travail. Il tenait à assurer aux siens une vie à l'abri du besoin et offrir aux enfants, la possibilité de suivre de longues études. Il s'en voulait de s'être abandonné à sa douleur lorsque Baya l'avait quitté et de ne pas avoir forcé le destin.

Juliette s'interrogeait. Comment avait-on pu préserver un tel secret ?

— À part, ma mère, Sofiane et son père, ainsi que celui de Baya, personne n'était au courant de sa grossesse. Je n'en ai jamais parlé. C'était le contrat. J'avais été payé pour me taire, pour mentir. J'ai peut-être été lâche, mais ce bébé portait mon nom, il était mien aux yeux de la loi et dans mon cœur. On ne pouvait pas me le prendre.

Elle repensait à Paul, à ce sentiment qui l'avait liée irréversiblement au nouveau-né quand elle l'avait tenu dans ses bras, la première fois. Elle pouvait imaginer ce qu'avait ressenti Faouzi.

Il gardait ses mains serrées, les doigts croisés si fortement que les jointures en pâlissaient. Le voir se torturer lui faisait mal. Elle lui avait pardonné. Par son écoute et sa compréhension, elle pouvait l'aider à évacuer ses remords.

— C'est le père de Sofiane qui m'a avancé l'argent qui me manquait pour acheter le terrain de Saint-Zacharie et construire la maison. Ça l'arrangeait que je m'éloigne de Marseille. Pour le cas où le hasard ferait se rencontrer les deux fautifs, dans cette ville où il venait régulièrement pour ses affaires. Ça me convenait. Jamais je n'aurais pensé disposer d'autant d'argent. L'opportunité était incroyable : on m'offrait la femme que j'aimais et on me payait pour l'épouser. Comment veux-tu que j'avoue tout ça à Leila ?

Un masque de honte recouvrait son visage. Ses traits tirés faisaient apparaître des rides rectilignes comme des lacérations.

— Tu sais, je me suis efforcé de mériter ce que j'avais reçu.

— J'en suis persuadée et je pense que Leila ignore tout de cette dot. Je ne vois pas pourquoi tu mentionnerais cette transaction. Au pire, tu peux lui parler de l'aide du père de Sofiane. Après tout, elle est sa petite fille. Cela ne sert à rien d'en parler. Tu peux me croire : elle attend de toi que tu lui ouvres à nouveau tes bras. Elle s'en veut beaucoup du mal qu'elle t'a fait avec son livre.

Devant ses arguments, il se détendait et ponctuait les allégations de son épouse par des « tu crois » interrogatifs. Tout son être tendait à présent vers cet appel. Il se raisonnait. La tête lui en tournait.

— Tu crois que je pourrai lui téléphoner aujourd'hui ? demanda-t-il timidement.

— Attends qu'elle soit rentrée chez elle et appelle-la !

Face à l'échéance, il oscillait entre impatience et doute. Il tenait difficilement en place et avait du mal à fixer son attention. Combien de fois répéta-t-il des « Tu crois qu'elle va accepter de me parler ? » Une réflexion qui amusa Juliette : Leila avait exprimé le même doute. Combien de fois également consulta-t-il sa montre ? Sensation paradoxale que la recherche de l'aboutissement de l'attente qui engendre la crainte de ne pas voir les choses prendre la tournure espérée.

Il lui fallait trouver les premiers mots, les plus difficiles. Il s'inquiétait de savoir comment il devait se présenter. Quel rôle jouait-il encore auprès d'elle ? Une fois de plus, Juliette intervint lorsque l'heure fut venue. Elle décrocha le combiné, composa le numéro de Leila et lorsqu'elle décrocha, elle s'annonça en ajoutant d'un ton ferme :

— Je vous passe mon mari.

La dérobade n'était plus possible. L'appareil lui brûlait les mains. La gorge serrée, la mâchoire inférieure affolée par les larmes qu'il sentait le submerger, il ne put qu'émettre un pitoyable :

— C'est moi !

Il lui parut ne pas y avoir d'écho à l'autre bout du fil. Juliette s'était esquivée, les laissant en tête-à-tête par téléphone interposé, tout en gardant un œil sur son mari. Elle redoutait que l'émotion et la joie trop fortes ne provoquent un malaise. Il lui fit signe de s'approcher et enclencha le haut-parleur.

Finalement arriva une brève et déroutante question par sa simplicité, mais qui dissimulait l'angoisse de Leila.

— Comment vas-tu ?

Un tutoiement spontané qui renouait avec le passé et permettait de démarrer un dialogue dont la banalité des mots ne parvenait pas à cacher l'intensité de ces moments uniques.

— Alors tu es mariée…

— Nous habitons Marseille…

La curiosité avait banni les silences. Ils avaient tant à découvrir l'un de l'autre ! L'heure n'était pas encore aux aveux, elle n'était qu'à la reconnaissance.

— Je voudrais tant te voir, affirma Faouzi.

— Pourquoi pas demain en fin d'après-midi, rétorqua-t-elle aussitôt en précisant qu'elle viendrait à Saint-Zacharie accompagnée de son mari.

Leur conversation prit fin sans la moindre évocation du passé. Les larmes avaient séché sur le visage de Faouzi. Le bonheur assouplissait ses traits. Il tremblait de tout son être, mais il se tenait plus droit, libéré d'une charge invisible.

Saisissant son épouse dans ses bras, à l'en étouffer, il lui murmura la voix mouillée :

— Elle m'a appelé *Baba* !

Un terme qui effaçait les années de rupture, et dont Juliette avait appris la signification lors de leur voyage au Maroc. Un qualificatif affectueux qui voulait dire « Papa ».

LE MISTRAL qui, la journée durant, avait secoué de ses rafales impitoyables les branches frileuses des grands arbres du jardin, s'était enfin apaisé. Dans sa fureur, il avait balayé les nuages, laissant un ciel pur et noir, piqueté d'étoiles. Protégée par l'ombre profonde de la nuit, la maison de l'allée de la Cascade avait fermé ses volets, s'isolant du monde. Les radiateurs diffusaient une chaleur enveloppante et lénifiante. Au salon, le large abat-jour renvoyait sa lumière tamisée vers le sol. Les heures s'écoulaient lentement.

Faouzi avait du mal à rester à table. Il se levait, enlaçait tendrement Juliette, puis repartait s'asseoir.

Jamais encore, elle ne l'avait vu aussi exubérant. Il parlait, accumulait les anecdotes, les questions qu'il laissait en suspens attendant son approbation. Parfois, il s'interrompait, dominé par l'émotion, puis il reprenait aussitôt. La boîte à chaussures avait réapparu avec ses nombreuses photos qui redevenaient réalité. Il n'y avait plus de place pour les fantômes. L'excitation du rendez-vous du lendemain le stimulait au point de lui ôter toute fatigue alors que la soirée se prolongeait et que minuit approchait.

Juliette était assise à ses côtés dans le grand canapé de cuir où, pour la première fois, elle s'était abandonnée dans ses bras. Un an : quelques mois à peine qui prenaient des allures d'éternité. Un présent qui s'était emparé du passé pour construire un futur.

Il s'étira puis s'approcha d'elle. Presque frénétiquement et avec maladresse, il entreprit de déboutonner son corsage. Le désir le possédait. Surprise, elle l'aida. L'un déshabillait l'autre sans souci des vêtements qui tombaient au sol.

— On serait mieux dans le lit, lui suggéra-t-elle.

Lorsque leurs deux corps dénudés roulèrent enlacés, comme d'habitude, Juliette allongea le bras pour éteindre la lampe de chevet et faire le noir dans la chambre. Ce soir-là, Faouzi arrêta son geste et saisissant sa main, il lui murmura à l'oreille :

— Notre amour n'a rien d'inavouable. Mes yeux veulent voir et non plus imaginer. Nous n'avons pas de page à arracher à notre histoire.

Ses yeux parcouraient sans gêne ni concupiscence les courbes de sa femme. Un regard empli d'amour qui ne pouvait pas être condamnable.

Dans la même collection

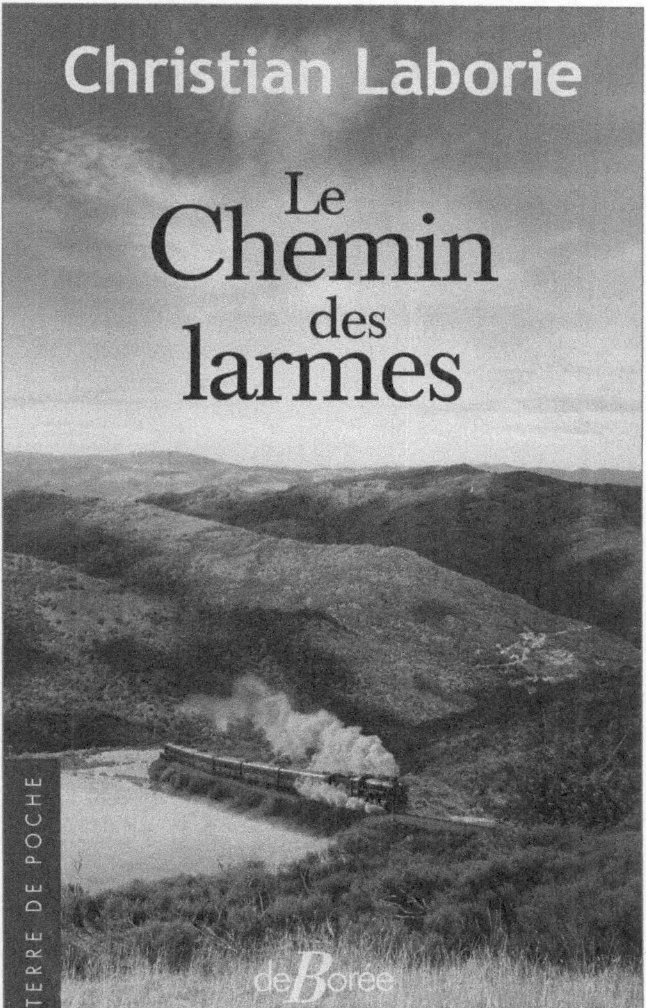

Dans la même collection

Dans la même collection

Imprimé en France par CPI
en mars 2021
N° d'impression : 2056756
Dépôt légal : juin 2021
ISBN : 978-2-8129-3231-1
ISSN : 1627-6779
www.deboree.com
livres@centrefrance.com